Grande homem mais ou menos

Do Autor:

O Calcanhar da Memória

Cantigas de Ninar Homem

Grande Homem Mais ou Menos

LUÍS PIMENTEL

Grande homem mais ou menos

CONTOS

BERTRAND BRASIL

Capa: Sérgio Campante

Editoração: DFL

2007
Impresso no Brasil
Printed in Brazil

CIP-Brasil. Catalogação na fonte
Sindicato Nacional dos Editores de Livros, RJ

P699g Pimentel, Luís, 1953-
Grande homem mais ou menos: contos/Luís Pimentel. – Rio de Janeiro: Bertrand Brasil, 2007.
144p.

ISBN 978-85-286-1299-8

1. Conto brasileiro. I. Título.

CDD – 869.93
07-4311 CDU – 821.134.3 (81)-3

EDITORA BERTRAND BRASIL LTDA.
Rua Argentina, 171 — 1º andar — São Cristóvão
20921-380 — Rio de Janeiro — RJ
Tel.: (0xx21) 2585-2070 — Fax: (0xx21) 2585-2087

Atendemos pelo Reembolso Postal.

Sumário

A VIAGEM

O rapaz entrou em casa como quem entra no bar. Sentou em uma cadeira e estirou as pernas sobre o tamborete. Pegou a garrafa de cachaça no móvel ao lado da mesa e um copo na bandeja cheia de copos que ficava ao lado da garrafa. Serviu-se e tomou duas doses, uma seguida da outra, depois acendeu um cigarro. A sala estava na penumbra, iluminada apenas pela luz azulada da televisão que o pai assistia. O clarão do palito de fósforo iluminou o rosto do rapaz e o pai observou que ele tinha a barba por fazer.

O pai viu que os sapatos do rapaz estavam sujos, largando tufos de terra sobre o tamborete, mas não reclamou. Apenas perguntou você vai mesmo e ele disse vou.

O pai quis saber se ele estava aborrecido com alguma coisa e ele disse que não. O pai então perguntou por que resolvera partir assim, tão de repente? Ele respondeu que era para não perder a oportunidade, o caminhão alugado pela empresa sairia de manhã bem cedo, levando todos os candidatos ao emprego. Queria aproveitar para não ser obrigado a ir depois, sozinho, ainda tendo que pagar a passagem.

Que tipo de trabalho é esse, meu filho?, o pai quis saber.

O rapaz não respondeu e amarrou a cara. E se serviu de mais uma dose.

O pai insistiu, me diga ao menos onde é. Respondeu que era na capital. A contragosto. O pai perguntou ao filho se já tinha separado todos os documentos, sem esquecer identidade e carteira profissional, e ouviu um muxoxo como resposta: não sou abestalhado, meu pai. O pai disse eu sei, filho, é só uma preocupação.

Está levando algum dinheiro?

Estou. O pouco que tenho.

Precisa de uma ajuda?

De jeito nenhum. Guarde suas economias, para as necessidades.

11

O pai perguntou se o filho sabia quanto ia ganhar e ele respondeu que não. Sabia ao menos se o ganho seria suficiente para as despesas? Ele respondeu que sim. Derramou mais uma dose de cachaça no copo e o pai disse pare de beber, vá se alimentar. Vá fazer essa barba e tomar um banho. Depois descansar, de manhã cedo precisa estar preparado para encarar a estrada.

Não sou eu quem vai dirigindo, reagiu o rapaz.

Mesmo assim, disse o pai.

O rapaz perguntou pela mãe e o pai respondeu que estava no quarto, onde mais estaria? Melhora nenhuma?, perguntou. Melhora nenhuma, foi a resposta. O pai disse vá se despedir dela, já que você vai sair bem cedo, e o rapaz disse que preferia não se despedir. Disse não quero olhar para a mãe daquele jeito que ela está. O pai disse você é quem sabe e reparou que o filho tinha os olhos molhados. O pai se levantou para desligar a televisão e o filho observou que ele também tinha os olhos molhados.

O pai disse vou dormir e já estava até mesmo de pijama. O rapaz desejou um bom sono. Pode aguardar que mandarei notícias. E não se preocupe com nada. O pai disse me despeço de você amanhã. O rapaz respondeu que ia madrugar.

Não tinha importância. O pai estaria acordado.

Bem cedo estava em pé diante do fogão, preparando café e esquentando na chapa umas bolachas que tirava do saco de papel. O rapaz acabava de colocar as roupas na sacola e penteava o cabelo diante do espelho do banheiro. O pai apontou o corte abaixo do queixo e o filho disse que fora gilete cega. O pai ofereceu uma loção pós-barba. Gosto mais de passar álcool mesmo, disse o rapaz, mas dessa vez sem qualquer impaciência.

Quer ovos quentes, para forrar bem o estômago?, o pai quis saber. O rapaz disse que não era preciso. Aí o pai lembrou que talvez ele não conseguisse comer nada tão cedo e o rapaz disse deixe, pai, que eu me ajeito. O deixe, pai soou de maneira carinhosa. E foi com mais carinho ainda que o pai acabou de esquentar as bolachas.

O pai ficou olhando para o filho, enquanto ele tomava café, acendia o cigarro, entrava e saía do banheiro, conferia as peças de roupas na sacola, olhava para o quarto da mãe, parecia entrar no quarto, se afastava, bebia água do filtro que estava no canto, ao lado do fogão, olhava para o quintal e depois para as paredes, assoviava para o passarinho, coçava a cabeça do cachorro.

O pai ficou olhando para o filho enquanto ele fechava o zíper da sacola, dizia até breve, pai, fique com deus, e se afastava.

E assim o homem desconhecido que bateu na porta dois dias depois encontrou o pai. Era um fim de tarde e ele tomava uma cachaça no copo que o filho gostava de usar, olhando ora para a porta por onde o filho saiu e ora para o quarto onde o filho não entrou para se despedir da mãe.

O moço perguntou o senhor é o pai dele? Falou calmamente do acidente com o caminhão, como foi e como não foi, quem teve culpa e quem não teve, que o motorista da carreta é que descia a ladeira dirigindo desembestado, e foi falando tanta coisa que o pai não conseguia mais ouvir nem entender.

Por fim o moço disse como o pai deveria proceder para retirar o corpo, as roupas e os documentos do filho do instituto médico legal de não sei onde. Que outro caminhão da empresa estava à disposição para trazer todos os corpos de volta, mas que o pai tinha que ir até lá tal dia e tal hora, para aproveitar o carreto.

E do jeito que entrou, o moço saiu. Falando sem parar, agora já dizendo coisas como meus sentimentos, isso acontece, é da vida, descansou, deus chamou, era um rapaz tão jovem, tão forte, tão bom e outras falas que o pai já não conseguia ouvir, pois só queria que ele fosse logo embora, para entrar no quarto escuro e abafado da doente e dar de uma vez por todas a notícia que estava para dar há quarenta e oito horas: o nosso filho viajou.

PUTA CONTO

— Você pretendia ser escritora e virou prostituta. Poderia ser uma puta escritora.

— Já está gravando?

— Está.

— O que você pretende com essa entrevista comigo?

— Quem faz as perguntas aqui sou eu. Eu sou o entrevistador. Você, a entrevistada.

— Combinado. Você está pagando.

— Como é o seu nome?

— Shirley. Alexandra. Simone.

— E na Carteira de Identidade?

— Maria das Graças Ribeiro da Cunha. Filha de Maria Auxiliadora Ribeiro e de Salvador Amorim da Cunha. Sou sergipana, de Itabaiana. Tenho vinte e um anos.

— E na Carteira de Identidade?

— Trinta e dois.

— Filhos?

— Lindos. Um casal. Anderson e Michele. Estão lá, com minha mãe.

— Bonitos nomes. De onde você os tirou?

— De uma revista de nomes. Tinha nomes de todo tipo: de americano, de alemão, de francês, todos Jean, Pierre ou Jean-Pierre. Até nome de chinês, Ching, Ling, Ling-Ching. Para que você quer essas informações?

— Vou escrever um conto.

— Como vai se chamar.

— A puta.

— Interessante.

— O que aconteceu que empurrou você para essa vida?

— Que vida?

— De puta, ora essa.

— Não aconteceu nada. Um dia resolvi abraçar a profissão de prostituta. Todo mundo precisa ter uma profissão, não é verdade?

— Você não foi violentada e abandonada, quando novinha?

— Que nada. Minha primeira vez foi tarde. Eu já era bem crescidinha. Ninguém me violentou nem me abandonou. Dei por prazer e faço isto até hoje.

— Você não foi expulsa de casa pelo seu pai? Não teve que cair nessa vida por absoluta falta de opção e aí comeu o pão que o diabo amassou?

— Nada disso. Acho que não sou a personagem ideal para o seu conto. Opções não faltaram e optei pelo prazer.

— Já apanhou?

— Já. Mas não gostei.

— Qual o seu tipo de homem?

— Todos. Sobretudo aqueles que pagam bem, são carinhosos, limpos e atenciosos. Que são clientes, mas também sabem ser amantes. Tenho uma queda especial por escritores. Afinal, quase me tornei uma escritora também. Há algo em comum entre as nossas profissões, sabia?

— Ah, é? O quê?

— Vocês também se vendem.

— E quando você desistiu de ser escritora?

— Não desisti. Apenas optei por viver. Mas vou escrever um conto.

— Ótimo. E como vai se chamar?

— O contista.

— Que interessante.

— Continue com suas perguntas. Vou precisar muito delas na hora de escrever a minha história.

QUEM MATOU O CACHORRINHO?

Eu não matei o cachorro do meu irmão. Foi apenas um acidente. Era um cãozinho pequeno, do tamanho de um gato pequeno, e tinha mania de se enfiar embaixo dos travesseiros. Deitei sobre o travesseiro e esmaguei o pobre coitado, que não teve tempo de esboçar um grunhido sequer. Acontece que pouco antes eu tinha brigado com o meu irmão, ele me enfiara a mão na cara, fui correndo para a barra da saia da minha mãe, que meteu a mão na cara dele. Só isto. Aí o filho-da-puta começou a dizer que por vingança eu matara o cachorrinho, que era muito bonitinho e tinha o nome de Tupi. Eu até gostava dele.

Quando eu estava na escola, a professora tinha mania de implicar comigo. Me castigava por qualquer bobagem, dava tarefas mais difíceis e era mais rigorosa do que com os outros na hora de corrigir o dever de casa. Acho que ela também pensava que eu fosse matador de cachorrinho, pela maneira rude com que me tratava. Era sempre anota aí, copia direito, presta atenção no ditado, fica atento à resposta correta, de um jeito superior e debochado, como se estivesse mesmo lidando com um assassino. Eu via nos olhos dela que ela me olhava como a um assassino de cão indefeso.

Um dia a professora pediu um exercício muito complicado, que para dar conta eu tinha que fazer pesquisas em um livro muito complicado, e para complicar mais ainda eu não tinha o livro. Ela disse é só ir até a biblioteca pública e procurar, como faz todo mundo que quer estudar e não tem livro. Eu fui, juro que fui, revirei várias estantes empoeiradas e não achei o diabo do livro. A funcionária da biblioteca, que em vez de me ajudar ficava lixando a unha, esparramada numa cadeira, olhou para a anotação no meu caderno e disse não existe este livro aqui não, menino. Não existe este livro em lugar nenhum, você deve ter anotado errado.

Eu disse errada deve estar a puta que te pariu, vagabunda, porque percebi logo que ela estava me tratando como se trata um desmiolado qualquer, devia achar também que eu fiz a merda que todo mundo pensa que fiz em minha casa, mas que não fiz nem agüentava mais dizer que não fiz. Aprontei uma zona federal lá, chutei mesas e derrubei cadeiras, cuspi no bebedouro, quebrei xícaras de café, eles viram com quem estavam lidando.

Fui posto para fora do cemitério de papel escrito a pontapés e no dia seguinte estava de volta à escola, sem trabalho nenhum realizado. Eu olhava para a cara da professora com vergonha, ela me olhava com cara de quem olha para um canalha que mata o cachorro de estimação do irmão mais velho. Disse à professora, de quem eu até gostava, umas coisas de que até hoje me arrependo, coisas que não se deve dizer nem aos maiores inimigos, e nunca mais voltei à escola. Me arrependo disto também. Afinal, eu que fiquei sem escola, sem estudo, sem saber porra nenhuma. Aprendi apenas a escrever o próprio nome, com uma letra que mais parece um amontoado de garranchos que só eu mesmo consigo decifrar.

Esse crime não cometido me perseguiu a vida inteira, como um castigo, onde quer que eu colocasse os pés. Meus amigos de infância ficaram sabendo da história, da dolorosa calúnia, volta e meia tinha um que me jogava o cachorro morto na cara por qualquer bola de gude perdida, time de botão quebrado ou arranca-rabo de menino. Daí que volta e meia também eu tinha que quebrar a cara de um. Acabei ficando com fama de maluco violento, o que só serviu para justificar mais ainda a idéia fixa do meu irmão, de que matei porque matei o Tupi por maldade e vingança, só porque no dia o covarde que espancava irmão menor me enchera de tabefes.

O remorso que não senti pela morte do cachorro que não matei, o crime que não cometi, senti mais tarde por ter arrebentado com uma pedra a cabeça do Boroga, um dos meus melhores amigos. Quase matei o Boroga. O Boroga, sim, esse eu quase matei. Tudo porque numa disputa de bola, em que ele achou que eu tinha entrado com maldade, caiu na besteira de dizer que eu era cangaceiro ou carniceiro, que ninguém queria mais saber de brincar comigo, pois estava todo mundo achando que a qualquer momento eu poderia cometer com um amigo a traição que cometi com o cachorro inocente. Que merda, o Boroga era tão meu amigo, para que foi se meter na porcaria dessa história?

Depois desse acidente do qual também me arrependo muito eu fiquei cabreiro, envergonhado, triste e sem amigos. Todos se afastaram, eu não tinha mais com quem brincar, nem mesmo com quem conversar. A pedrada na cabeça do Boroga afastou de vez a dúvida, para quem ainda tinha dúvida, sobre a morte do pobre Tupi, o cachorrinho idiota que não sabia escolher esconderijo e fugia das pulgas ficando embaixo do travesseiro. Passou a ser voz corrente e fé pública, a mentira virou verdade, para todos na rua e no bairro eu matara mesmo o bicho de estimação do meu irmão.

Não agüentei mais aquilo e um dia fui embora. E o que me dói mais até hoje é lembrar dos olhos da minha mãe na despedida, sem uma lágrima, sem pedir para que eu ficasse, parecendo que até ela me considerava um monstro sanguinário.

Fui crescendo com essa fama de sujeito desumano. Vendo isso nos olhos de uns e de outros. Os que sabiam do falso acontecido vez em quando me atiravam a notícia falsa na cara. Os que não sabiam ou fingiam não saber abaixavam o rosto quando cruzavam comigo. Ninguém me olhava nos olhos. E quando olhava era com flechas certeiras que traziam, na ponta, a inscrição inconfundível: assassino de bicho que não pode se defender.

Eu tinha uma tremenda dificuldade de arrumar namorada, as moças fugiam de mim ou pareciam fugir, mas já rapazinho conheci uma princesa que mexeu com a minha cabeça. Foi numa festa, dessas que somos levados por um colega qualquer de um trabalho qualquer, a princesa me ofereceu guaraná com cachaça e fumava jogando fumaça na minha cara. Se era provocação, era provocação das boas, pois a moça não me conhecia, ninguém naquela festa me conhecia, não havia a menor chance de estar querendo me ofender por conta do não acontecido.

Fui arrastado para detrás de uns caixotes que tinha no fundo do local onde faziam a festa, a princesa que eu pensava que era pura veio cheia de intimidades, me beijando todo, machucando meu pau de tanto esfregar a mão por cima da calça jeans. Fiquei nervoso com aquela situação e procurei ajudar, abrindo o zíper e botando o pau para fora com dificuldade, porque estava duro demais. Aí eu já estava doido de vontade mesmo, fui arrancando a saia e a calcinha dela, mas acho que não deveria ter agido assim. A princesa virou uma fera, cuspiu na minha cara, empurrou minha cabeça, parecia uma maluca perguntando está pensando o quê, seu babaca, que eu sou alguma cachorra?

Fiquei maluco nessa hora e falei como assim, cachorra? Que merda de história de cachorra é essa? O que você sabe sobre o cachorro? Quem te contou? Como foi que te contaram? Ela só sabia repetir que eu era maluco mesmo, que devia ser internado e preso, sei lá o quê, porque não tinha a menor idéia da força do meu braço, o impacto do meu soco, e deve estar até hoje procurando os dentes que dançaram na festa.

Aí fiquei com raiva de mulher de carne e osso, bicho muito complicado, e comecei a colecionar mulher de revista. Forrava as paredes do quartinho que aluguei no subúrbio com retrato de mulher pelada. Mulher de todo jeito. Preta, branca, gorda, magra, deitada, em pé, de bunda pra cima, de pernas arreganhadas. Mas mulher de papel também não presta, sempre leva o homem à ruína, elas que atraíram o Tarugo para o meu quarto.

Conheci o Tarugo, que na verdade se chamava Jorge não sei de quê, no supermercado onde eu trabalhava como empacotador. Tarugo-Jorge era da faxina, serviços gerais, sempre carregando rodo, vassouras e baldes de água e produtos de limpeza. Serviço pesado, mas o bicho era forte feito um jegue. Freqüentávamos o botequim que tinha ao lado do supermercado, após a jornada de trabalho, e viramos parceiros de cachaça e partidas de dominó.

Eu deixava o Tarugo freqüentar o meu harém, deixava até o escroto tocar punheta olhando para as minhas mulheres, até o dia em que ele chegou lá dizendo que conhecera não sei quem que me conhecia desde pequeno, e que sabia uma história bem cabeluda a meu respeito. E antes mesmo que terminasse a frase seu irmão tinha um cachorro que chamava Tupi, eu peguei a chave de fenda, que usava para apertar os parafusos da cama. Tarugo podia até ter sido um bom amigo, mas deu o azar de tomar conhecimento dessa história e de não saber com quem estava lidando.

Também dei azar porque o Tarugo urrava feito porco ensangüentado, tentando arrancar a chave de fenda cravada no peito. Logo chegaram vizinhos, que chamaram outras pessoas da rua, aí veio polícia e o diabo a quatro. Não deu tempo de fugir e ainda tentei me esconder atrás do armário ou embaixo da cama, mas não adiantou. Se eu fosse pequenininho, que nem o cachorro do meu irmão, teria me escondido embaixo do travesseiro.

Daqui a pouco eles voltam, os covardes, com porretes e cassetetes, para me cobrir de pancada porque acham divertido bater no maluco que eles pensam que é maluco, enquanto perguntam quem matou o cachorrinho, quem matou o cachorrinho, quem matou o cachorrinho? Eu só consigo responder foi um acidente, seus filhos de uma égua, mas ninguém me escuta.

O TRATAMENTO

— Doutor, às vezes tenho vontade de bater em minha mãe.

Vocês não vão acreditar, mas o cretino respondeu que o meu desejo era absolutamente normal, acontecia nas melhores famílias, um grito de revolta e de independência do inconsciente, a criatura querendo destruir o criador, uma besteira dessas. E que eu estava começando a botar para fora os meus sentimentos mais cáusticos e caóticos. A cada explicação profunda, meu analista, psicanalista, terapeuta, meu Deus, minha verdade, meu caminho da salvação alisava displicentemente a enorme pedra branca que usava como peso de papel sobre a escrivaninha.

— Faz parte do tratamento — bostejou.

Eu não queria fazer análise, nunca quis. Mas minha mãe, que passou a me dispensar cuidados e preocupações excessivos desde que o meu pai morreu, disse que pagaria a porcaria do tratamento e que ficaria muito decepcionada se eu me recusasse. Minha irmã, cínica que só ela, disse que estava mesmo na hora de eu dar um jeito na cabeça. E o meu irmão estampou no rosto o sorriso mais canalha do seu repertório para dizer que minha mãe ia, mais uma vez, jogar dinheiro fora comigo, porque pau que nasce torto morre torto e eu não tinha mais escapatória.

— Para esse aí, só hospício mesmo — gritou o filho-da-puta.

— Também tenho vontade de matar o escroto do meu irmão. Você vai dizer que isto é normal?

O freudianista enganador esboçou um sorrisinho de canto de boca, típico nos tipos de sua laia, alisou mais uma vez a pedra, parecia se masturbar com aquela porcaria, e vomitou do alto da falsa sapiência que todo ser humano nutre o desejo de eliminar o mais forte. Provou que era mesmo uma besta, porque o meu irmão nunca foi mais forte do que eu, apesar de mais velho, e até o surrei bastante na infância.

— A força a que me refiro é simbólica. Gerada e percebida apenas no terreno da metafísica — enquanto virava e revirava a pedra de um lado para outro sobre os papéis na escrivaninha, coçava o cavanhaque e esfregava um pé no outro, os pés sempre enfiados em sandálias franciscanas. Será que o puto não tinha dinheiro para comprar sapatos ou usava aquela merda para fazer gênero, como todos os outros? Como um bom camelô, ele tinha resposta para tudo. E minha mãe estava mesmo jogando dinheiro fora. Mas eu fiz que não ouvi, que não entendi, fui fazendo de conta que não ouvia nem entendia bem as coisas que ele dizia. Fui passando para o sabichão a impressão de que ele era mesmo um sujeito inteligentíssimo, além de simpaticíssimo, com uma sensibilidade rara, de causar inveja a qualquer um. Eu repetia "sinto muito, muito mesmo, mas não consigo alcançar o seu raciocínio" e ele ensaiava um risinho superior, e assim ia, e assim foi, até o dia.

No dia pensado e marcado cheguei cedo, como em todos os dias de terapia, fiquei sentado quieto na salinha até sair de lá a menina com cara de adolescente louquinha ou porra-louquinha, esperei o merdão me chamar e entrei com cara de poucos amigos.

— Pode sentar.

— Não quero.

— Algum problema?

— Porra nenhuma.

— Você está estranho.

— Estou?

E já ia pegando o brinquedo preferido, para dar sua esfregadinha, mas quebrou a cara. Estirei a mão primeiro, peguei a pedra branca e não conversei: acertei o golpe bem no meio da testa. Ele ficou lá caído e eu me afastei calmamente, silenciosamente, metafisicamente, freudianamente, terapeuticamente, junguianamente, lacanianamente, reicheanamente.

O ascensorista ficou olhando com cara de bobo para a minha camisa manchada de sangue, mas eu nem dei bola. Quando saí da galeria respirei fundo em frente à praça, que àquela hora estava cheia de gente bestando para lá e para cá. E me senti outro homem.

NO DIA EM QUE VIM ME EMBORA

A vida de um homem se borda no amor ou no desamor. No afeto ou na indiferença. Pode ser a soma de todas as sobras, de tudo aquilo que não teve, da indelicadeza de uma mãe, o bigode de um pai, a ausência de um cachorro. Também se desenha e se borda em um diálogo assim:

— Você se apresse, que não tenho todo o tempo do mundo para ficar à sua disposição.

— Quase pronto, pai. Mas posso saber para onde vamos?

— Já disse. Para o tal do seminário.

— E por que o senhor resolveu que tenho que ir para um seminário?

— Não resolvi nada. É coisa de sua mãe. Idéia lá dela.

Meu pai falava tudo assim, de um jeito próprio, parecia escarrar e cuspir as frases, sem muito cuidado com as palavras.

Entendi, mas fiz que não. Com o pé, fiz um carinho no cachorro que parecia estar tão triste quanto eu. Meu pai percebeu.

— E desmonta essa cara de tristeza. Parece um bezerro a caminho da castração. Não é o fim do mundo, menino.

— Porque não é o senhor que está deixando sua casa para ir não sei para onde.

— Você não vai para não sei onde. Vai para um seminário, estudar para se tornar um homem sabido e temente a Deus.

— Grande coisa!

— Você está sendo mal-agradecido.

— Eu não queria, pai.

— Sua mãe decidiu.

— Eu sei.

— Tá decidido.

— Eu sei.

— É assim que a banda toca. São assim as coisas neste mundo.

— Vou poder levar o meu cachorro?

— Não. Eles não aceitam bicho lá.

O sol sempre intenso naquele pedaço de mundo parecia mais intenso ainda no dia da minha partida.

Subimos na carroceria do caminhão que nos levaria até a rodoviária da cidade mais próxima, onde tomaríamos o ônibus. Minha mãe me entregou a sacola de couro com o que chamou de "minhas coisas": um sapato surrado, alpercatas, camisas mal engomadas, duas ou três calças curtas. O cachorro não veio. Minha mãe me deu um beijo na testa e disse secamente "se cuide". Meu pai não disse nada. Nem eu.

Era muito cedo ainda e fazia frio. Quando nos acomodamos nos bancos de madeira da carroceria, meu pai esfregou a mão em minha perna, para me esquentar. Mordia o lábio inferior e apertava com os dentes os fios mais compridos do bigode.

— Vai ser bom para você — ele disse.

Fingi que não ouvi e tentei me distrair contando as árvores que passavam correndo na estrada, na direção contrária à do caminhão.

— Você vai aprender a ler, conhecer todas as histórias bonitas que existem nos livros, e vai ter comida nas horas certas.

Voltei minha atenção para a conversa dos outros homens sentados nos bancos, os companheiros de viagem.

Eles fumavam, sorriam mostrando os dentes estragados e falavam sem parar de gado, de porco, de cabras, cercas e falta de água nas cacimbas.

— Vai ter roupas sempre limpas, filho. E no fim do ano vem passar as férias em casa.

— Não venho — reagi.

— Não vem?

Meu pai apertava mais os lábios, coçava a barba e tinha um olho que parecia tremer sem parar. Devia estar triste, nervoso, com saudades de minha mãe.

Continuei impiedoso:

— Não venho.

— Eu busco você.

— Mas não me traz de volta. Não piso nunca mais os pés em sua casa.

No ônibus que nos levava para o seminário, ele tratou de voltar ao assunto. Eu repeti toda a má-criação.

A paisagem era mais verde do que na estrada anterior. Uns pingos de chuva dançavam no vidro da janela. Eu via o céu, as árvores passando e o perfil do meu pai refletido no vidro da janela do ônibus. Ele estava triste, mas tentou novamente ser gentil:

— Pensando na morte da bezerra?

— Em meu cachorro.

— Sua mãe vai cuidar bem dele.

— Minha mãe não cuida bem de ninguém nem de nada neste mundo.

— Eu cuido dele.

— O senhor não tem tempo.

— Vou cuidar muito bem do seu cachorrinho, você vai ver. Como é o nome dele?

— Não tem. É cachorro mesmo.

— Vou cuidar muito bem de Cachorro — repetia meu pai, enquanto me entregava com a sacola de couro à recepcionista. Que me levou até o quarto onde já estavam uns quinze meninos, que me mostrou o banheiro coletivo e a toalha de banho, que tentava sorrir para mim e que me trouxe de volta até a recepção do seminário quando eu disse, aos prantos, que estava arrependido por não ter aceitado o abraço nem o beijo de despedida que o meu pai deixou parado no ar.

Daí em diante, foi contar os dias até a chegada das primeiras férias, para ficar parado horas no portão, esperando a chegada do meu pai, os olhos parados na direção da estrada e as calças cada vez mais curtas.

Mas quem veio foi minha mãe e disse que eu iria com ela para o período de férias em casa, que podia desmanchar a pose de enfezado e parar de esperar pelo meu pai porque ele não viria. Meu pai morreu pouco tempo depois de me deixar no seminário. Não avisaram para evitar sofrimentos desnecessários.

Cumpri orgulhosamente minha promessa de não voltar nunca mais. Hoje, que já abandonei o seminário e me perdi no mundo, lembro de pouquíssimas coisas daqueles dias: os dentes estragados dos homens na carroceria do caminhão, o olho comprido e acho que molhado do meu pai pesando em minha nuca, enquanto eu acompanhava a recepcionista pelo corredor, e a saudade imensa que eu sentia do meu cachorro.

REFRESCO DE MANGA

A gorda das fichas tinha um dente de ouro, de um lado, e um buraco onde deveria ter um dente, no outro canto da boca. Sorria torto, parecendo querer mostrar apenas o brilho dourado entre os lábios grossos e besuntados de batom. Perguntou minha idade, respondi que tinha dezoito. Ela disse duvido e ofereci meia verdade: dezessete. Diante do olhar debochado, eu resolvi abrir o jogo. Tenho dezesseis, mas já trabalho e já vim aqui um montão de vezes.

A gorda perguntou quantas fichas eu queria e respondi duas. Uma de cerveja e uma para a máquina de música.

Vai querer mulher? Depois, eu disse, meio que esnobando. Se der vontade. Pedi a cerveja à morena de pernas finas e entrei na fila da máquina de música. O baixinho com os cabelos cheios de brilhantina parecia o dono da casa. Estacionou a cadeira em frente à máquina e tinha bem uma dúzia de fichas na mão. Acabava a música, ele colocava outra ficha e ouvia novamente o vozeirão de Waldick Soriano:

O nosso amor durou somente uma semana
e eu pensando em conservá-lo a vida inteira.
Eu não pensava que tu fosses leviana,
pois leviana faz amor de brincadeira.

Depois de me fazer ouvir a música não sei quantas vezes, até decorar a letra, o baixinho se atracou com uma baixinha que nem ele, de peitos grandes e rolos de plástico nos cabelos, e sumiu lá para os fundos da casa. A cerveja descia meio atravessada, pois eu não tinha costume, mas fiz questão de fazer pose de quem tem muita intimidade com o copo. Acendi um dos três cigarros que comprei a varejo no bar ao lado da casa e dei uma tragada forte, soltando rápido a fumaça para não engasgar. Coloquei a ficha na caixa de música e apertei no nome do cantor, Roberto Carlos, depois na canção entre as opções que apareciam na voz dele, Não chores mais. Aí veio, só para mim:

Esqueça, ele não te ama.
Esqueça, ele não te quer.
Não chores mais, não sofra assim.

O baixinho voltou com as mãos cheias de fichas e me afastei da caixa de música. Não agüentava mais ouvir Waldick Soriano. Fui me sentar do outro lado da sala, num sofá todo manchado de cerveja e queimado de cigarros. O copo em uma mão e a garrafa de cerveja na outra, os olhos conferindo as mulheres que andavam de um lado para o outro, tentando enxergar a minha irmã.

Não foi fácil reconhecer Dalva naquele cenário, com aquelas roupas, maquiada daquele jeito. Vi quando ela se aproximou, caminhando na direção da mesa onde estava um sujeito magricela de bigode fino e cara de personagem de história em quadrinhos. Minha irmã estava irreconhecível, com cigarro no bico e copo de cerveja entre os dedos de unhas vermelhas, demonstrando a maior intimidade com a casa, os hábitos e os figurantes todos. Pensei é ela, não é ela, apertei os olhos porque a luz da sala não era boa, mas tomando cuidado para não ser reconhecido. O magricela a abraçou pela cintura e levantou a blusa vermelha que ela usava. A blusa era curta e ele levantou até a altura da pá. Aí eu vi, de relance, a mancha acima das costelas.

Depois disso minha irmã ainda passou várias vezes à minha frente, pegando cerveja para o sujeito de bigodinho, acendendo cigarros para ele e para ela, e toda vez que voltava para a mesa o tarado levantava a saia minúscula que ela usava e passava a mão na bunda de Dalva. Eu espichava os olhos para ver se reconhecia também a bunda de minha irmã, a mesma que eu ficava olhando pelo buraco da fechadura enquanto ela tomava banho. Dalva dava beijinhos no nariz e na testa do magricela, evitando beijar na boca. Puta não gosta de beijar na boca, e o cara esquisito ainda tinha uns dentes todo arrebentados, possivelmente pelo efeito da nicotina. Se eu fosse ela também não ia querer dar beijo na boca daquele sujeito. Minha irmã estava bonita e toda senhora de si. Para lá e para cá, ia e voltava, sem me reconhecer na quase penumbra.

Levantei-me para comprar outra ficha e pegar outra cerveja. Quando voltei para o sofá, não tinha mais ninguém na mesa próxima, nem Dalva nem o magricela. Decidi esperar. Afinal, fiquei tanto tempo remoendo essa visita. Dei o primeiro gole na cerveja e senti que estava meio enjoado. O cigarro também ajuda no mal-estar. Acendi outro. Espichei os olhos pelos quatro cantos da sala, procurando minha irmã, que não estava em lugar nenhum. Disse não para a moça feia que se sentou ao meu lado, antes mesmo que a pobre falasse qualquer coisa. Ela se levantou e saiu dali, não parecia ter se ofendido, se encostou em outro sujeito solitário. Minha irmã devia estar no quarto com aquele traste, e isso me aborreceu.

Sou caçula. Dalva, a irmã mais velha. Eu ainda era pequeno quando ela saiu de casa, depois de uma discussão com minha mãe e meu irmão. Anunciou que ia morar com uma amiga. Minha mãe parecia não acreditar nem um pouco na história, mas recomendou vai com Deus, sem drama nem lágrimas. Quando Dalva bateu a porta da rua meu irmão disse vai ser puta, eu sei. Bate na boca e pede perdão, minha mãe falou. Perdão nada, vai ser puta. Meu irmão já era um rapazinho, sabia das coisas.

Eu adorava ver minha irmã saindo do banho, uma toalha enrolada no corpo, cobrindo metade dos peitos. Uma toalha menor enrolada nos cabelos. Passava pelo corredor, onde eu jogava futebol de botão, derramando pela casa um cheiro vago de sabonete e alfazema. Vestia-se com a porta do quarto entreaberta, atirava a toalha sobre a cama e escolhia a calcinha quase sempre branca.

Quando minha irmã retornou à sala, de mãos dadas com o esqueleto branco de desenho animado, eu me perdia na canção desconhecida da caixa de música e na voz distante do Juca, o ex-amigo que um dia quebrei a cara exatamente por causa de Dalva. Juca repetindo tua irmã é da vida, foi vista no puteiro de Laura. Puta é a tua irmã, a tua mãe e a tua avó. E tome tapas, chutes e pescoções. Mergulhei no gelo daquela noite provinciana e despertei quando ela se sentou ao meu lado, depois de se despedir do cliente.

A voz que há tantos anos eu não ouvia: está sozinho, garotão? Oi, Dalvinha. Os olhos arregalados sob os cílios anormais. Depois o susto. Depois tristes. O que você está fazendo aqui, menino? Vim pegar mulher. Você não tem idade para isto. Eu me afogando numa lágrima que não passava pela garganta. Você não devia ter vindo aqui. Como vai a mãe? Por que me fazer passar esta vergonha? — e aí não lembro se era a voz de Dalva ou de Linda Batista, cantando Lupicínio Rodrigues. Como vai a mãe? Como vão todos? Eu tonto de cerveja morna. Não queria nunca que você me visse aqui. O gosto do cigarro na boca, a fumaça ardendo na alma. Suor e angústia, suor de angústia. Justo você.

Não veio procurar mulher nenhuma, não foi? Você veio me ver. Como descobriu que eu trabalhava aqui? Resmunguei isto não é trabalho e ela disse claro que é, seu bobo, enxugando minhas lágrimas com a blusa, eu abraçando minha irmã com a blusa levantada, minha cabeça em seu ombro, a visão novamente próxima da mancha na pele mais marcante da minha infância.

Se você quiser mesmo uma mulher eu falo com uma amiga que conheço bem, sei que é limpa, mas pare de chorar, disse minha irmã. Eu não queria mulher nenhuma, nem queria que ela falasse naquele tom maternal comigo, nem pensasse que seria a minha primeira vez. Restava um pouco de cerveja, bastante quente. Beba mais não, a voz delicada de Dalvinha, me abraçando e dando beijos no meu cabelo. Volte outro dia, volte no meio da tarde, para a gente conversar e tomar um refresco de manga.

A gorda cochilava e babava em cima das fichas, restavam poucos clientes madrugadores quando me despedi. Na calçada acertei um chute violento em uma tampa de garrafa, que voou baixinho e acertou o poste do outro lado da rua. Ainda sou bom nisto, pensei. A noite é uma criança de colo. Minha irmã ainda tem aquela marca só sua nas costelas e não esqueceu que eu gosto de refresco de manga.

EASTWEEK EM BOTAFOGO

Foi num réveillon que passou. Ela estava deitada ao meu lado no sofá, que ficava na sala da minha casa, mas não sei como havíamos chegado ali. Pela janela do apartamento, na Rua São Clemente, viam-se as luzes do Morro Dona Marta e mais algumas ruas de Botafogo. Via-se o brilho e quase ouvia-se o pipocar dos fogos na Lagoa. Imaginava-se o que poderia estar acontecendo nas areias de Copacabana.

O vento invadia a sala pelas frestas da janela e fazia balançar os xaxins pendurados no teto. Às vezes era um cheiro de enxofre e temores. Às vezes o gosto horrível da mistura de cigarro e conhaque. As luzes do Morro Dona Marta não me diziam muita coisa, pois era um tempo em que eu ainda não tinha medos. Primeira vez que deitávamos no sofá, era a primeira vez que deitávamos juntos onde quer que fosse, primeira vez que eu via aquela mulher.

Começou a me contar *As bruxas de Eastweek*, que assistira recentemente, e estava muito empolgada com a coragem e ousadia das mulheres-bruxas no filme, com o talento e a sensualidade do Jack Nicholson no filme, com a cor, a luz, a fotografia do filme, tudo muito sombras, uivos, ventos muito fortes e nevoeiros. Ela estava com a cabeça encostada em meu ombro e eu não tirava os olhos da janela. Também não tirava o ouvido de sua cabeça, de onde pareciam vir os barulhos de carros lá embaixo, do vento gritando lá fora. Falava e falava sem parar do filme, as maestrias todas do roteiro, do diretor e dos atores, e o meu braço repousava dormente sob o seu ombro. Minha mão encostou inocentemente em seu peito e aí pareceu que o vento soprou mais brando, que o mundo já não ia se acabar.

Então fui até a janela e acompanhei atentamente os movimentos de um avião que circulava o Pão de Açúcar antes de apontar o bico para o Aeroporto Santos Dumont, como se o 31 de dezembro fosse um dia qualquer. Deu vontade de viajar, lugares distantes, essa tal de Eastweek, quem sabe. Freada brusca e alguém gritando "quer morrer, filho-da-mãe, olha por onde anda", ela falando, falando, falando. Comecei a alisar o seu peito e minha mão suava muito. Lembrei que precisava aparar as unhas e apertei o bico do seu peito. Que ficava duro, pontudo e enrugado nas pontas dos meus dedos. Seu sexo era o mundo à minha espera. Morcegos e vampiros me convidavam insistentemente a entrar. Eu já não sentia qualquer inveja do cretino do Jack Nicholson.

Sabia que o vento ia voltar com toda a febre, que minhas plantas morreriam de susto, mas era último dia do ano e me agarrei em seus cabelos, que tinham um cheiro bom. Seu peito tinha um cheiro bom, não me importava que ela desse cabo de todo o conhaque, de todo o meu cigarro, depois desaparecesse como desapareceu, sem abrir a porta, enquanto eu adormecia entre o gozo e o delírio e abria os olhos muitas horas depois para o sol terrivelmente carioca no primeiro dia de um novo ano, para a dormência da rua e a poeira das obras do Metrô.

O susto no olhar do porteiro me levou a encarar o espelho da recepção: não havia um pingo de sangue em meu corpo, mas eu ainda buscava nos bolsos um endereço que a trouxesse de volta.

Eu sei que Eastweek é um bocado longe daqui.

UM DIA DE PAZ LÁ EM CASA

Eu jogava botão no corredor e nem queria tomar conhecimento do que se passava no resto da casa. O jogo era decisivo, Bahia e Vitória, um clássico com estádio lotado e todas as emissoras de rádio cobrindo a partida. Eu era o locutor de todas elas, comandando os jogadores com os meus dedos, não poderia mesmo me distrair com nada.

Minha irmã lavava roupas no quintal. Os panos ficavam de molho na bacia e a bacia ficava em cima de um banquinho de madeira, ao lado do tonel enferrujado e cheio de água. Minha irmã ensaboava, torcia, batia os panos na pedra, depois enxaguava um por um, sempre cantarolando "se você pensa que o meu coração é de papel/não vá pensando, pois não é". Minha irmã estava alegre, não reclamava do namorado que ela dizia que tinha outra, uma vagabunda, nem da dor na coluna, nem das vizinhas que adoravam fazer fuxico.

Minha mãe na cozinha, coando café fresquinho no coador de pano. O coador enfiado na chaleira, que no caso era também cafeteira, cheio de pó de café. Minha mãe jogava água fervendo e o café já saía prontinho do outro lado do coador, enquanto na outra boca do fogão ela cozinhava o aipim. Café fresco com aipim quentinho é a melhor coisa do mundo e minha mãe sempre soube disso, por isso preparava o desjejum feliz, assoviando e cantarolando "meu canarinho, meu beija-flor/onde andará o meu amor/que foi-se embora e nunca mais voltou/meu canarinho, meu beija-flor". Minha mãe estava alegre, nem reclamava da dor nas pernas que subia pelo corpo inteiro. Queria coar logo o café, cozinhar o aipim e botar tudo na mesa, pois o meu pai chegaria de viagem a qualquer momento.

Minha outra irmã já estava se preparando para ir trabalhar. Saiu do banho e passava batom na boca e ruge no rosto, perto dos olhos, uma toalha enrolada no corpo e outra, menorzinha, em volta dos cabelos. Tirou a toalha pequena da cabeça, balançou os cabelos para lá e para cá, meteu a escova entre os fios, para cima e para baixo, até que ficou muito bonita. Encostou a porta do quarto para que eu não pudesse acompanhar mais nada (a porta do quarto dela ficava bem em frente ao corredor), porque era chegada a hora de se livrar da toalha que protegia o corpo, para vestir calcinha, sutiã, saia e blusa. Depois, sentou-se à mesa para tomar café com aipim. Cheirava à colônia de alfazema e cantava, lindamente, "esqueça, ele não te ama/ esqueça, ele não te quer/não chore mais, não sofra assim".

Meu irmão acordou apressado, como sempre, pois estava sempre atrasado para o trabalho. Nem entrou no banheiro e minha mãe perguntou se ele não ia tomar banho. Disse "de noite eu tomo", engoliu café com aipim às pressas, e quando passava pelo corredor me deu um peteleco na orelha. Depois arrastou aquela mão enorme pelo campo, embaralhou todos os jogadores, perguntou quem estava ganhando e eu o mandei à merda, puto por causa da interrupção do jogo. Meu irmão disse "vai trabalhar, moleque, sai dessa vida", e pegou o caminho da rua, cantando "Meu carro é vermelho/só uso espelho pra me pentear". Nem esperou pelo pai, o mal-agradecido.

Aquele era mesmo um dia de paz em minha casa. Por isto não perdoei até hoje, jamais perdoarei, o miserável que chegou àquela hora da manhã para contar que o meu pai tinha morrido em um acidente de carro, que estava estirado na estrada perto dali, o corpo todo arrebentado, morto, morto, para sempre morto meu pai naquela manhã.

MÃOS DADAS

Eu tinha verdadeira adoração por ela. Um dia perguntou se eu não sentia vergonha pelo fato de ela ser puta. Eu disse você é feliz assim e isto me faz feliz, ou uma besteira dessas. Na verdade, não me incomodava nem um pouco, estava mesmo era me lixando pros seus draminhas. Ela fingiu acreditar e abriu o quebra-vento, depois balançou o cabelo prum lado e pro outro, como gostava de fazer quando saíamos de carro.

— Mas você tem vergonha de sair de mãos dadas comigo — ela disse.

— Claro que não — respondi.

— Então por que não passeia de mãos dadas comigo por aí?

Comecei a ficar puto com aquele papo, sempre fico puto com esses papos, mas procurei não demonstrar:

— Sabe o que é? Acho a maior besteira andar por aí de mãos dadas ou de braços dados. Não ando assim com ninguém, acho que nem sei andar desse jeito, não acerto o passo.

— Nem com a sua mulher você andava?

— Não.

Eu disse que tinha verdadeira adoração por ela, mas que detestava aquela conversa. Sempre gostei muito de putas, mas detesto conversa de putas. Ou bebem demais e ficam escrachadas, abrindo as pernas fora de hora e dizendo palavrão, ou ficam com essa mania de mulherzinha, querendo andar de mãos dadas e de braços dados, fazer compras com a gente no shopping.

Ela pegou uma escova enorme na bolsa e começou a ajeitar os cabelos, desarrumados pelo vento. Tinha cabelos bonitos, putas geralmente têm cabelos bonitos porque cuidam bem deles. Depois pegou o batom e começou a avermelhar os lábios.

— E à missa? Você iria à missa comigo? — perguntou.

— Claro que iria.

— Mentiroso.

— Não me chama de mentiroso. Vou à missa com você qualquer dia desses, você pode até apostar.

— Qualquer dia desses, não. Vamos hoje — e tentou me beijar daquele jeito que parecia beijo de cachorro, a língua para cima e para baixo, uma luva úmida no meu pescoço.

— Pára.

— Tá vendo? Além de vergonha, tem nojo de mim.

Eu disse que não tinha nojo coisa nenhuma. Ela insistiu que eu tinha nojo dela, por isso não gostava de beijo na boca nem de lambida no pescoço.

— Já disse que não tenho nojo de você, porra! — rosnei, batendo com a mão espalmada no painel do carro.

Ela se assustou, me olhou até com medo, mas mesmo assim voltou ao lengalenga. Puta é foda mesmo:

— Então passeia de mãos dadas, me leva à missa, ao cinema, ao restaurante, me dá um beijo de novela.

— Não vejo novela.

— Então me dá um beijo de cinema.

Eu disse não enche o saco e ela berrou não fala assim comigo, seu cavalo.

Perdi de vez paciência, meti o cotovelo nos peitos dela e gritei cala a boca agora, sua puta escrota. Ela disse cala a boca é o cacete e blasfemou que puta era minha mãe. Porra, logo minha mãe, a vaca não sabia mesmo com quem estava se metendo. Se tem uma coisa que não admito é que falem de minha mãe, desde pequeno, quando quebrei a cara de um colega de escola. O merdinha falou que minha mãe ficava na zona enquanto eu dormia.

Segurei o volante do carro com uma mão e com a outra dei uma bofetada certeira. Ela chorou, xingou e gritou olha pra frente, seu débil mental. E quando olhei para a frente já estava enfiando o carro em cima do poste.

Não foi por querer que direcionei para o poste o lado do carona. Não foi por cafajestada que salvei a minha pele e acabei com a vida da única mulher que talvez tenha amado na vida. Eu tinha, mesmo, verdadeira adoração por ela. Juro que se ainda desse tempo eu iria de mãos dadas com ela até para o inferno.

ACIDENTE EM UMA NOITE DE CHUVA

Que barulho foi esse?

Acho que atropelamos alguém ou alguma coisa. Um gambá ou um cachorro.

Só pode ter sido um cachorro. Nunca vi gambá por aqui.

Claro que você nunca viu gambá por aqui. Você nunca passou por aqui.

Tomara que não tenha sido uma pessoa.

Vi o vulto. Muito pequeno para uma pessoa.

Então, você matou um cachorro.

Se matei foi sem querer. Está escuro pra cacete. Com essa chuva piora. E a estrada é uma porcaria.

Não acredito. Você mata um cachorro inocente e reage assim?

Assim, como?

Com essa calma.

Devo fazer o quê? Me jogar embaixo do carro para morrer junto com o cachorro? De mais a mais, que bobagem é essa de cachorro inocente? Todo cachorro é inocente.

Como é que você sabe?

Sei o quê?

Que todo cachorro é inocente.

Por quê? Você conhece algum cachorro culpado? Culpado de quê? Cachorro carrega culpas, se penitencia, tenta o suicídio? Será que esse tentou o suicídio hoje?

Acho que não. Mas você deveria carregar a culpa, uma puta de uma culpa por ter tirado a vida de um ser, friamente.

Friamente?! Foi um acidente, caramba! Uma porra de um acidente. Está escuro, chovendo, o bicho atravessou a estrada.

Bicho?

Bicho. Nem sabemos ao certo se é mesmo um cachorro.

Como assim, "se é mesmo um cachorro"?

Pode ser uma raposa, um macaco, um veado, uma onça, um tatu!

Tatu?

Por que não? Estamos numa estrada quase deserta. Tem mato pra todo lado. Por que não pode ter um tatu e o filho-da-puta do tatu resolver atravessar a estrada justo na hora em que passamos nessa porra dessa estrada, com essa bosta desse carro de faróis ruins, limpador de pára-brisa fodido, e praticamente sem freios?

O carro está praticamente sem freios?

Pastilha gasta, sei lá.

Você pega uma estrada desconhecida com um carro sem freios e ainda me convida para participar da aventura?

Não convidei você. Você se ofereceu para vir comigo.

Não senhor. Você disse "quer vir comigo, venha".

Eu disse quer vir comigo, venha, porque você já tinha se oferecido.

E daí? Isso justifica?

Justifica o quê, meu cacete?!

Vê como fala comigo! Quero saber se isso justifica você meter o carro em cima de um pobre de um cachorro que não tinha nada que ver com o seu desespero.

E eu estou desesperado, por acaso? Atropelei esse infeliz de caso pensado, por acaso?

Infeliz? A vítima agora é que é infeliz?

Maneira de falar.

Infeliz não é o cachorro, não. Infeliz é você, que vai hospedar essa mancha na alma para o resto da vida.

Não vou hospedar mancha nenhuma. Já disse que não tive culpa desse acidente.

Acidente?! Já percebeu que é sempre assim?

Sempre, como? Assim, o quê?

As barbaridades, a violência, os desatinos, as atitudes deploráveis são sempre justificados como se fossem acidentes. Os assassinos modernos são todos personagens de acidentes.

Assassino!? Eu sou um assassino?

Sei não. Pergunte à sua consciência.

Já disse que não tenho culpa, merda!

Entendi. Culpado é o cachorro.

Pára de falar bobagem e faz alguma coisa.

Fazer o quê? Eu não matei ninguém.

Pega o cachorro e põe no banco de trás. Pode ainda estar vivo. Se estiver, levamos a um veterinário.

Levamos, não. Você leva. E não vou pegar nenhum cachorro morto ou moribundo. Essa função é, por lei, do atropelador.

Está bem, imprestável. Vou pegar.

...

Merda! Mil vezes merda.

Não trouxe por quê? Já está morto?

...

Não era um cachorro?

...

Uma pessoa? Meu Deus.

Era um toco de madeira podre.

Que porra fazia um toco de madeira podre no meio de uma estrada, numa noite de chuva, com tanto maluco que tem por aí nos volantes?

...

Estou falando com você. O cachorro comeu sua língua?

...

Vamos seguir, ainda temos muito chão pela frente.

Mais alguma recomendação?

Os tocos. Cuidado com eles.

AMADA AMÉRICA

"Se papai me pega agora,
de anágua e de combinação,
será que ele me manda embora,
ou não?"

Esta música é do Chico Buarque. E é a cara dela. A cara da América, a minha, quem dera minha. De anágua e de combinação. Às vezes, de peitinhos de fora, só de calcinha transparente. Às vezes, nem isto. América. Um nome, uma explosão, um continente.

E se América me deixa agora? Vão para longe, pensamentos ruins. Como pode, meu Deus, um homem como eu, tão comedido, tão racional, moderado na bebida, xixi e cocô nas horas certas? Ouço uma canção que guardo ainda em bolacha. Sou dos tempos do vinil. América é geração CD:

"Aos hipócritas que estão no júri,
tenho a declarar que não sou culpado,
nem sou inocente,
de ter me envolvido com uma adolescente."

Aldir Blanc. Será que ele também já amou uma adolescente? Sei que é bobagem misturar o criador com a obra. Acaba-se descobrindo que Marx batia na empregada, que Freud comia a própria filha e que Charles Chaplin era grosseiro e sem graça dentro de casa, um pai de matar o Carlitos de vergonha.

Apaixonado por uma adolescente fogosa. O professor que sabe das coisas, conhece as artimanhas e manhas do mundo, se deixando levar pelo perfume e pelas labaredas que emanam dos corpos suados e sarados de suas alunas.

"Vestida de azul e branco,
trazendo um sorriso franco
e um jeitinho encantador (...)

A normalista linda,
Não pode casar ainda..."

Sim, eu ouvi Nelson Gonçalves. Só que era um menino. América substituiu há muito tempo o uniforme escolar por uma calça de brim azul, desbotada e até meio esfarrapada. Os tênis, com variações em cores berrantes, não lembram em nada os sapatos Vulcabrás sobre meiotinhas brancas. A blusa é mínima, tem decote generoso. Onde está o escudo do Instituto de Educação bordado no peito? A inocência não há mais e a normalista linda está em outra.

É tão indisciplinada aqui, quanto na escola. Mexendo nos discos e nos livros, bebendo vinho no copo porque dizem que dá sorte. A terra desaba sobre os meus ombros quando alisa os pêlos do meu peito e pergunta, sonsa e sensual:

— Quem foi que descobriu a América, quem foi?

Nem que o mundo caia sobre mim.

Pede trégua quem está por baixo. O professor gagueja desarmado, apalermado, carente, solitário e inexperiente, apesar da idade. Conta os fios de cabelos brancos. Não são poucos. Feito criança, apaixonado por uma criança. Teve um tempo em que quis ser poeta, como todo mundo.

América dos meus tormentos. Dezoito aninhos de charme, provocação e saúde, debutando diante dos olhos de todos os tarados do colégio ou do bairro. Chega à hora que chega, roubando o lençol e o travesseiro, querendo cada vez mais. Tão franca no gozo, sorrindo, gritando. Faz-me sempre lembrar a frase inusitada que ouvi num botequim. "Fulana gozou muito. Gozou feito uma cutia." Nunca vi cutia gozando. Nem sei se cutia goza. Mas acho que América goza feito uma cutia louca, endiabrada, daquelas que correm no meio do mato ou entre as árvores do Campo de Santana, no Rio de Janeiro.

O mundo explode em chamas e América coleciona letras de música no caderninho e se diz "tarada pelos olhinhos verdes meio azuis e meio ardósia do Chico". Também "curte" Milton Nascimento, Marina e "rock pesado". Eclética e elétrica. Compreendo, o mundo também não passa de um enorme clichê.

Achou por bem ficar com uma cópia da chave do meu apartamento. Achei por bem não negar nem discutir.

— Facilita as coisas, você não acha?

— Claro.

Faço qualquer coisa para viver bem. Para cultivá-la e cativá-la. Para tê-la ao meu lado, com ou sem a chave de minha casa. Já tem a chave do meu coração. Eu é que tenho tudo a perder.

— Não sei se você é o homem da minha vida.

Ainda mais essa, agora. Claro, quer me deixar inseguro, como se fosse preciso. Finjo indiferença e bom humor.

— Problema seu. De minha parte, América, devo dizer que estou perdidamente apaixonado. Mas gostaria que você tirasse esse CD do Chico, para que eu pudesse ouvir um pouco de Pixinguinha.

Não me escuta, mas não importa. Confere a posição impecável dos quadris e levanta a perna diante do espelho do armário. O pescoço para lá e para cá, em suaves movimentos. A coluna reta, a bunda empinada, as pernas escandalosamente definidas, meu Deus. Quem dera essa mulher me amasse loucamente.

Desapareceu da casa dos pais há mais de um mês. Quase não sai do meu apartamento. Se abancou com os meus discos, passeia de calcinha e camiseta do quarto para a sala. Até na cozinha, o pé descalço sobre a mesa onde fazemos as refeições. Foda-se. Lá vou eu reclamar?

Prepara um café, vez ou outra, "quando pinta a vontade". Vasculha meus livros e se acha no direito de achar Graciliano Ramos "um saco". Ofensa grave, só pode ser provocação. Mesmo assim, contudo e porém, vai ficando, para minha alegria.

Qualquer sonho é melhor do que a insônia doentia.

Tenho me afastado dos amigos de minha idade, para não ficar ouvindo conselhos dispensáveis e desnecessários. Depravado é a mãe de quem falou ou pretendia falar. Saibam, os senhores que estão no júri, que foi essa moça quem inventou desculpas para vir ao apartamento do professor, "fazer umas pesquisas".

Ninguém acredita? Fodam-se todos.

Amoleci demais. Estou bestamente perdido de amor, caceta. Comecei a beber além da conta e a sentir ciúmes, caceta. E a louca ali, dando pulinhos animados, se desmanchando toda para contar as novidades, caceta. De papinho com os amigos, esparramada no meu sofá, usando o meu telefone.

— Porra, América.

— Não estressa.

— Caceta.

Ontem recebeu uma ligação bastante suspeita. Desligou com um "até já, amizade", beijinhos para lá e para cá. Desconfiado, não fui ao colégio dar as minhas aulas. É a terceira vez que falto esta semana. E a sonsa, como se nada estivesse acontecendo, continua ajeitando descaradamente os quadris e levantando a perna até a altura do meu coração. Flecha logo, ingrata.

À noite, disse que estava me achando triste. Fez perguntas e carícias, a mais pura inocência. Abriu um vinho e fez sanduíches, cantarolando um samba velho do velho Chico, um samba dos que eu ainda gosto:

"O homem da rua,
vive só por teimosia,

não encontra companhia
mas pra casa não vai, não."

Fizemos amor por umas boas horas e América acordou feliz. Deu vários dos seus pulinhos no quarto e me serviu café na cama. Também me senti feliz, mas só até o primeiro barulhinho do telefone.

América atendeu e desligou rápido. Começou a arrumar as malas. Passaria uns dias numa praia distante, em companhia de alguns amigos.

Caceta.

Deu um beijo e bateu a porta.

Não conheço esses amigos. Não conheço América.

O segundo barulhinho foi para mim. O diretor do colégio me dispensando, por abandono de serviço.

São dez horas de uma manhã sem graça. Procuro América de perninha levantada no espelho do armário. Nenhum pescoço em suaves movimentos, nenhuma bunda empinada. Não vejo a imagem dela, mas vejo a minha. Que horror. Os olhos estão sombrios e empapuçados.

CARNIÇA

Quem vê a cena não diz que eu e o Carniça somos amigos desde a infância. Pois somos. Conheci esse neguinho quando éramos bem pequeninos, não precisávamos usar sapatos, nem mesmo tênis, o campo de futebol onde a gente jogava era usado só para jogar futebol, e chamar um amigo de cor negra de neguinho não era ofensivo.

Minha profunda amizade com aquele neguinho começou na vila que era pobre muito pobre, onde eu nasci, filho de meu pai e de minha mãe, e ele também nasceu, filho do pai dele e da mãe dele. Chamava-se Vila da Esperança — mesmo sendo verdade que esperança ali era o que menos havia —, cheia de casas pequenas e humildes, de homens e mulheres que quase sempre trabalhavam muito e de umas noites que chegavam no final da tarde, como todas as noites de todos os lugares, mas que pareciam acabar mais cedo. Geralmente, antes mesmo de clarear o dia, quando as mulheres saíam de casa para os seus trabalhos, quase sempre de empregadas domésticas, e os homens carregavam suas marmitas para as oficinas mecânicas, os postos de gasolina ou os bares do Centro da cidade, onde a maioria deles deixava o próprio couro.

Não lembro quando foi que o Carniça passou a ser chamado de Carniça, como e por que arrumou esse apelido fedorento, mas sei que todos na vila só o tratavam assim. Mas ele tinha um nome, que era Reginaldo. Só que como Reginaldo ninguém o conhecia, só mesmo os seus pais. Para os vizinhos todos, os moleques sobretudo, era Carniça pra lá, Carniça pra cá, de manhã, de tarde e de noite. Ele nunca reclamou.

A Vila da Esperança só tinha construções de um cômodo, quartos apertados e banheiro no final do corredor. Cresci ao lado de Reginaldo-Carniça, que era um neguinho bom de bola, pois tinha canelas finas, braços compridos para ajudar no drible e corria como ninguém. Com esse neguinho — como eu já disse, não era feio nem horrível chamar um amigo neguinho de neguinho, era até carinhoso — mal-agradecido, disputamos chupeta, usamos as mesmas roupas, jogamos muito futebol de botão juntos, entramos juntos na Cartilha do ABC e na escola pública para fazer o curso Primário, e só não fizemos o Ginasial juntos porque a vida torta logo chamou o meu amigo sei lá para onde.

Como acreditar que fui até irmão de leite do sujeito que agora faz uma coisa dessas comigo? Passei muitos apertos na vida por causa daquele amigo. Lembro como se fosse hoje do dia em que minha mãe me deu dinheiro para ir até o açougue, comprar um pedaço de carne para o nosso almoço, e tive o desacerto de encontrar Carniça no caminho.

— Para onde você vai assim, tão apressado? — ele quis saber.

— Vou comprar carne para minha mãe fazer um almoço lá em casa.

— Carne, é? Huuummm... menino rico é outra coisa.

— Rico o quê, cara? Que história é essa de rico?

— Só rico come carne, rapaz. Sabia não?

— Não.

— De mais a mais, carne não faz falta. Ovo e verdura são bem melhores. Vamos usar esse dinheiro para comprar uns refrigerantes, bolachas, biscoitos, balas de coco, essas delícias. Depois você diz à sua mãe que perdeu o dinheiro.

Claro que eu não deveria ter caído nessa conversa. Mas caí. A desculpa não convenceu a minha mãe, e levei uma surra inesquecível.

Nossas mães eram amigas desde mocinhas, minha mãe batizou aquele moleque, e foi a mãe de Carniça quem arranjou com o dono do quartinho para minha mãe, meus irmãos e eu morarmos um tempo sem pagar aluguel, até ela se arrumar na vida. A mãe de Carniça era empregada doméstica, que nem a minha. Mas tinha mais facilidade para arranjar trabalho, pois esbanjava saúde. Era uma preta magrinha, também de canelas finas, que passou para o filho, pelo DNA, olho muito vivo e uma disposição de matar de inveja. Minha mãe andava sempre adoentada, branquinha das pernas fracas, coitada, e volta e meia tinha que deixar o emprego para se tratar. E nem sempre encontrava o lugar vago quando recebia alta lá no instituto.

Meu pai morreu cedo, eu era bem pequeno. O pai de Carniça durou um bom tempo, mas não trabalhava e vivia bebendo cachaça. Dona Laura comeu o pão que o diabo amassou com aquele marido. Minha mãe dizia "pra ter um marido assim, é melhor não ter nenhum". A pobre concordava: "Fazer o quê, minha comadre, se foi essa praga que Deus botou no meu caminho?"

Não contei que o pai de Carniça era uma praga? Pois o meu amigo, infelizmente, depois se tornou uma praga também, parece que puxou ao pai, porque nunca vi tanta ruindade. Já repeti umas quinhentas vezes que não tenho culpa no cartório, não falei nada para a polícia, não conheço polícia nenhuma, pois não me dou com essa gente, mas o desgraçado não acredita. Mesmo achando errado o que ele faz, eu não ia, de jeito nenhum, causar a desgraça de um sujeito que conheço desde bebê ou molequinho, que ainda por cima minha mãe batizou e ele bebeu leite no peito dela.

Digo não sei de nada, não falei nada, pára com isso, você está maluco, mas não adianta. Meu quase irmão mantém esse porcaria desse revólver encostado em minha nuca, enquanto cospe, ruge, baba e grita que não tem nada a perder e vai disparar daqui a pouco.

E sei que vai.

GRANDE HOMEM MAIS OU MENOS

O velho relógio pendurado na parede suja marca 15 horas. Traduzindo: são apenas três da tarde e já estou bêbado. Nem almocei ainda e estou trocando as pernas e enxergando muito além ou aquém da paisagem. Nem sei se vai ter almoço hoje nesta casa.

Será que vai ter jantar?

Entre quatro paredes e inúmeros andares acima do chão, cambaleio e tropeço nos móveis. Me assusta tanta altura, mas me sinto em segurança. Se estivesse no chão, neste momento, já estaria juntando um rebanho de moleques à minha volta. As crianças adoram os bêbados. Que nem Deus, que protege os bêbados e as crianças nas horas difíceis. Põe a mão embaixo, é o que dizem. Amortece as quedas.

Bêbado feito um gambá. Velho feito um gambá e bêbado feito um gambá velho.

A velha rabugenta se aproxima. Porre maior que qualquer porre, arrastando pelos corredores as velhas sandálias de couro, velhas e gastas que nem ela. A latinha de biscoitos na mão:

— Bêbado já, a esta hora?

— Bêbado já. Esta hora já. Bêbado estou — respondo.

A velha resmunga qualquer coisa e dá as costas. Volta pelos corredores, arrastando as sandálias.

Bebo meio litro de água e acendo um cigarro. A fumaça invade o corpo feito lava de vulcão e sai pior ainda. Solto um palavrão cabeludo, apago o cigarro e cuspo da janela, acompanhando do parapeito a trajetória da saliva gosmenta e amarelada por doze andares.

Dá gosto ver. Acompanho até a hora em que a porcaria se esparrama lá embaixo, na calçada ou na cabeça de um desocupado. Como tem gente desempregada ou vadia nessa merda de cidade. Sei que também tem uns que trabalham, mas mesmo assim ficam zanzando pelas ruas. E sei que tem aqueles que não precisam trabalhar mesmo e estão cagando para o mundo, chutando chapinhas por aí e levando cusparadas de bêbado no quengo ou nos ombros. Quem manda passar por aqui?

A velha abstêmia abandona sobre a mesa a latinha de biscoitos, a mesma que me servia de marmita na época da repartição. Me olha de cara feia, como se fosse possível envergonhar um velho bêbado que já sente vergonha de tudo, e faz um comentário dos mais idiotas:

— Essa porcaria pode cair na cabeça de alguém, sabia?

Eu podia dizer que já caiu, já emporcalhou quem tinha que emporcalhar, mas me falta a paciência:

— E daí? Não estou lá embaixo.

— Porco — diz a velha, curiosamente sem ódio. "Porco", como se dissesse "chato", "bobo" ou "maluco".

Quando eu trabalhava na repartição só enchia a cara nos finais de semana. Começava mais ou menos ali pela quinta-feira, depois do expediente. Litros de cerveja, garrafas e mais garrafas de conhaque, uísque, vinho, o diabo a quatro. Falando tanta bobagem que até sinto vergonha de lembrar, entre um porre e outro.

Agora sou outro homem, só bebo cachaça e mais ou menos todo santo dia. Chova ou faça sol ou faça até mesmo um tempinho mais ou menos. Também não freqüento mais bar, nenhum bar. Evito me misturar com o rebanho de aposentados que enche a cara e conta mentiras a noite inteira. Eles às vezes até telefonam, insistem comigo, mas eu não vou.

Não quero a companhia de bezerros castrados, tristes e impotentes iguais a mim.

— Quer um café amargo? — a velha de novo, com as sandálias nos pés e a lata de biscoitos nas mãos. Come o dia inteiro, mas não engorda. Nem morre.

— Melhorar de quê?

— Do fígado, da cabeça, da bebedeira. Vai ao médico, criatura.

— Deus é pai. Só mesmo Deus, todo-poderoso.

— Não esquece do que os filhos te dizem.

Os filhos também são muito esquisitos, puxaram à velha. Quase não me visitam, o que é até um favor que me fazem. Não preciso deles, de nenhum deles. Na verdade, não preciso de ninguém. Sou um homem independente. Bêbado e independente, mesmo quando caindo pelos cantos.

— Quer um copo d´água? Prefere um leite morno? Esquento a água do banho?

Sei que ela jamais vai me deixar em paz.

— Responde, mal-agradecido.

Ainda bem que estou ficando surdo, só assim me tornarei um homem livre.

Tem um boçal esperneando na calçada, gritando comigo e interrompendo os meus pensamentos. "Ah, é?" Vou à janela, estufo o peito. A cusparada dessa vez vai certeira e a resposta vem em seguida. Volto à janela e o desmiolado pergunta se já estou bêbado novamente, enquanto limpa a cusparada na camisa branquinha.

— Mais ou menos — respondo.

A velha salta em defesa do moço cuspido. Diz que é um rapaz direito da loja que tem lá embaixo. Insiste em que se o rapaz fosse violento poderia subir e me dar umas pancadas, que eu bem mereço. Solto uma gargalhada estrondosa, tomo mais um gole caprichado e despacho nova cusparada voadora. Ela me chama de animal incorrigível e eu respondo apenas, em absoluta paz comigo mesmo:

— Sou isso tudo mesmo. Quer dizer, mais ou menos.

Fecho as janelas sem olhar para o céu, deixo a velha falando sozinha e me arrasto até o quarto. Repito para mim e para as paredes sujas:

— Sei que sou um grande homem. Ou sou um homem mais ou menos, como todo grande homem.

CABELOS MOLHADOS

Ananias deu banho nos meninos, ajudou a vestirem a roupa, penteou seus cabelos e colocou um ao lado do outro na mesa, diante do feijão, arroz, carne e abóbora que ele mesmo preparou. Depois de andar um quilômetro com os filhos e colocá-los na condução que os levariam até a escola, no vilarejo, se preparava para pegar o caminho da roça, onde ajeitaria uma cerca caída. A freada do jipe com placa do município mudou os seus planos.

Polícia, Corpo de Bombeiros, Defesa Civil, o padre, a responsável pela Delegacia da Mulher e até um repórter do jornal da capital chegaram em caravana. Falavam em nome da ordem, da justiça, do povo e até de Deus, atendendo a denúncias anônimas dando conta de que Almerinda estava morta, vítima de maus-tratos. Foram logo informando que não traziam mandado de busca, nem era preciso. Ananias não exigiu nada nem parecia saber do que se tratava.

— Gente de Cristo, onde já se viu?! — perguntava o suspeito, olhos em brasa e pânico, tremendo diante dos homens e da delegada, chorando no ombro do padre.

Era um homem temente, sempre fora. Tinha um São Jorge Guerreiro na sala e o Sagrado Coração na parede do quarto, na cabeceira da cama.

As lágrimas e o desespero de Ananias não impediram os invasores de continuar a investigação. "É melhor o senhor confessar de uma vez por todas", dizia o policial. "Vamos derrubar paredes até encontrar o corpo", confabulavam bombeiros e agentes da Defesa. A delegada chamou o acusado num canto:

— Onde foi parar a coitada, Seu Ananias? Sabemos que você batia nela.

— Almerinda desapareceu, doutora.

— Ninguém desaparece, homem. E está desaparecida desde quando?

— Desde a semana passada. Sumiu numa noite de lua cheia. Almerinda andava muito esquisita, Deus me livre.

— Deixe de crendice à-toa e mostre onde enterrou a infeliz. É melhor para você, criatura.

O tal do repórter parecia um carro de boi no atoleiro:

— O senhor matou? Matou ou não matou? O senhor matou?

Nenhuma panela mais nos armários. Roupas arrancadas do baú. Móveis e a cama de pernas para o ar. Os homens quebravam tudo, em algum lugar o corpo estaria. Viram o poço no fundo do quintal, correram até lá. "Vai ver está ali, afogada". Ananias enxugava as lágrimas nos pêlos da mão e futucava os dentes com um palito de fósforos.

— Na água que bebo? Que uso para dar de beber às crianças?

O padre tentou negociar:

— Confesse, filho, depois se apegue com o Salvador. Ele dará o perdão e mostrará o bom caminho.

Ananias gemeu. Mais ainda quando os homens arrebentaram o depósito de mantimentos, caroço de milho correndo por toda a despensa. "Em algum lugar ele escondeu o corpo", dizia o bombeirinho, o mais franzino de todos.

O padre se roía em remorsos:

— E se o pobre não tiver culpa de nada? — perguntou à delegada.

— Como? Judiava dela. Arrastava a mulher pelos cabelos, ela tinha cabelos lindos e longos, submetia-a a instintos animais, dizem até que um dia marcou com o instrumento de ferrar o gado a bunda da infeliz.

O pároco pigarreou, envergonhado. Bombeiro e policial voltaram do tanque, trazendo uma cabaça em forma de cuia.

— Só achamos isto.

— Pois é com isto que encho a lata d´água, o cocho dos porcos, o vasilhame das galinhas. Antes quem fazia tudo era ela — e caiu mais uma vez em pranto.

As ordens se atropelavam, quase sempre aos gritos:

— Verifiquem o chiqueiro! Cavem a terra no curral! Sacudam os galhos das árvores!

Gente da lei sabe que não existe limite para as astúcias assassinas. Ananias apenas repetia não saber de nada, enquanto implorava baixinho: "Volta, Almerinda, me tira desse pesadelo".

Já estava ficando noitinha quando as visitas indesejáveis ligaram o jipe, prometendo voltar no dia seguinte bem cedo, para retomar as buscas e as investigações. Ananias ficou sentado no banquinho ao lado da porta, coçando os olhos ardidos de tanto choro, criando coragem para pôr ordem na mente e começar a trabalheira de botar no lugar tudo que aquela gente sem modos esparramou.

Mas antes iria até o quintal, levantar a pedra do fundo do poço e fazer submergir mais uma vez o corpo de Almerinda, o vestido de chita se desfazendo de tanto limo grudado. Oferecer a sopa que a morta recusaria, pentear seus lindos e longos cabelos molhados, e dessa vez pedir, por tudo o que é mais sagrado, que ela não conte o que sabe para aquele povo do município. Antes disso não ia conseguir dormir.

EU OU ELE

Me esperava na ponte lá do riacho. Os olhos, duas bolas de fogo em brasa. Nunca vi tanto ódio:

— Canalha. Você matou meu pai.

Tentei acalmá-la. Em vão, meus dedos procuraram seus cabelos. Em troca, recebi uma cusparada no rosto:

— Não se aproxime.

— Me deixe explicar.

— Não tem explicação. Assassino.

O bom e velho riacho. Tantas vezes mergulhamos ali. Sobre aquela ponte, descortinamos o mundo, trocamos segredos e fizemos amor pela primeira vez. Tinha o cheiro da nossa infância.

— Teu pai me agrediu.

— Porco. Você fede.

— Eu ia para a roça. Ele cresceu em minha frente, parecia um muro de espinhos. Você conhece o seu pai quando está zangado. Disse que me mataria se eu não me afastasse de você.

— Mentira.

— Que mandaria você embora, para bem longe de mim.

— O que já deveria ter acontecido, há muito tempo. Estaria desde há muito livre das tuas mentiras e falsidades. Imagina, meu Deus, um assassino.

— Que eu não merecia o seu amor.

— Coração de pai não se engana.

— E ergueu a foice. Ele me mataria, Santinha. Nunca vi tanto ódio em minha vida como nos olhos do seu pai. Só agora, nos seus olhos.

— Você vai me pagar. Juro que vai.

— Era eu ou ele, Santinha. A foice descia como um raio. Fui mais rápido, só isso. Puxei o facão. Era eu ou ele.

— Para onde você está indo?

— Para a cidade. Hoje mesmo me entrego à polícia. Não pense que vou fugir, que vou me esconder ou que vou negar o meu crime. Jamais, Santinha. Conto tudo hoje mesmo ao delegado. Fico preso o tempo que for preciso, mas quando sair de lá te procuro.

— Jura?

— Pela minha mãe mortinha. Não pense que não estou arrependido, por ele. Nem triste, por você.

— Não vai, Júlio.

— Não vai aonde?

— Se entregar à polícia. Eles vão bater, castigar você.

— Deixa. Não tirei a vida de um homem?

— As águas correm com a mesma leveza. A ponte ainda agüenta o tranco, meu amor.

— Santinha, eu matei seu pai.

— Era você ou ele, não era?

FLORES EM VIDA

"Sei que estou no último degrau da vida, meu amor"
Nelson Cavaquinho

A noite ainda discutia se ia ou não embora, mas os negociantes de frutas, legumes, peixes, frangos e bugigangas da feira da Glória já armavam as barracas, entre risadas e assovios, cantos de galo, restinho de neblina virando poeira em direção ao Aterro. O homem de cabeça branca e violão no ombro escorregou pelas cordilheiras de paralelepípedos da rua Hermenegildo de Barros e se deixou levar ladeira abaixo pela Cândido Mendes, até desembocar na Augusto Severo. Encostou o violão no poste e pegou uma talhada de melancia na barraca de Genaro, amigo desde a infância na Praça da Bandeira.

— Melancia a essa hora, meu velho?

— Combate a ressaca, Genaro.

— Sai dessa vida.

— Já tentei. Essa vida é que não quer sair de mim.

Os cabelos branquinhos, poeira da idade, estão meio desarrumados. Passa a mão e observa que também estão bastante engordurados, purpurinas da madrugada. Lembra de uma criatura a quem amou, que o chamava de cabelos de prata. Fartos e ondulados, reluziam diante do espelho, na luz esfumaçada do cabaré de bandidos do Largo do Estácio. Mas nem tudo que reluz é ouro e a criatura o trocou um dia por um moço requintado, de bigodinho desenhado e cabelos pretos feito as asas da graúna, tratados na brilhantina Glostora.

— Me senti um palhaço, Genaro.

Se já não bebesse bastante, teria começado a beber naquele momento. Doses de angústia depois, fez um samba que dizia assim:

"Sei que é doloroso um palhaço
Se afastar do palco por alguém
Volta, que a platéia te reclama
Sei que choras, palhaço
Por alguém que não te ama..."

— Fiz? Fiz. E esse eu sei que não vendi a filho-da-puta nenhum.

A vendedora de flores também é amiga. Ela escolhe uma rosa, das mais rosas e mais bonitas, corta o talo e enfia no bolso do compositor. Troca de sorrisos e carinhos, vida que segue, apruma novamente o passo e pega o caminho que não é de casa.

Ia esquecendo o violão dormindo no poste, mas a florista o chama. Guarda a rosa na barriga do instrumento e toma o rumo da Lapa. Pouco depois está de prosa com o jovem jornalista metido a escritor que bebericava a última no pé sujo da Riachuelo, no fim de uma noitada de fechamento do jornal e das boates da Men de Sá.

— Eu era muito jovem ainda, assim que nem você. Não tinha respeito pela vida. Nem tinha medo da morte. Foi antes de virar o disco, de virar a mesa, de virar polícia. Fui o pior soldado da história da polícia Militar do Rio de Janeiro. Comecei a vida na farda, no Batalhão de Cavalaria da PM, onde fiquei sete anos. Metade em cima do cavalo, metade na prisão. Abandonava a diligência e o animal, picava a mula para o Morro de Mangueira. Jogar conversa fora e cerveja para dentro com Cartola, Carlos Cachaça, Geraldo Pereira, Zé Com Fome, Padeirinho. Para eles, eu fiz um samba assim:

"Quando eu piso em folhas secas
Caídas de uma mangueira
Penso na minha escola
E nos poetas da minha Estação Primeira
Nem sei quantas vezes subi o morro cantando..."

Fui o hóspede mais assíduo do xadrez do quartel da rua Evaristo da Veiga. Mas era bom pegar cana, você sabia? Se não fosse o xadrez do batalhão, eu não teria feito muito samba de sucesso. Às vezes ficava um mês confinado. Então aproveitava a tranqüilidade para compor.

— Começou a vida?

— Maneira de dizer. Na verdade, antes de encarar o batalhão eu já havia enfrentado outros batentes para ajudar no orçamento da família. Trabalhei em fábrica de tecidos, em Deodoro, na função de ajudante de tirador de resíduos, e como auxiliar de eletricista no Centro da cidade. Meu pai era tocador de tuba da Banda da PM. Que coisa, hein?! Tocador de tuba.

— Ainda existe tocador de tuba?

— Não existe mais tuba. Nem tocador.

A prostituta de decote farto esparrama os peitos em seu ombro e beija sua testa, os lábios cheios de batom aplicado de qualquer jeito:

— Paga um conhaque, índio?

Nem espera pela resposta, sabe qual é. Pede o conhaque no balcão, entorna de uma vez e volta para a calçada.

— Conhece a moça?

— A moça me conhece.

Nem pegou o violão, apenas sussurrou, marcando com as pontas dos dedos na mesa:

"Não faça vontade a essa mulher
Não deixe ela fazer o que quer
Deve-se ter amizade
Mas não se deve dar liberdade..."

— Que história é essa de índio?

— Minha mãe era paraguaia, índia guarani. Olha os meus traços. Ainda consegue enxergar? Índia guerreira, que areou muita panela nas cozinhas dos outros, como empregada doméstica em casas de família. Acho que está na hora de ir dormir.

— Vai, poeta.

— Sou cantador. Poeta é o Guilherme.

— Então canta uma das suas com ele. Pode ser Flores em Vida?

— Só se você prometer que não pede mais nenhuma.

— Prometo. Mas dessa vez, com o violão.

Além dos bares, sapatarias, papelarias e lanchonetes começavam a abrir as portas. A mesa já recebera outros noctívagos e alguns madrugadores (diúvagos?) para ouvir o índio:

"Sei que amanhã quando eu morrer
Os meus amigos vão dizer
Que eu tinha um bom coração
Alguns até irão chorar..."

Pára, enjoado e cansado. Toma ar, toma mais um gole e canta mais uns versos:

"Por isso é que eu penso assim:
Se alguém quiser fazer por mim
Que faça agora..."

— Flores em Vida. Essa é uma obra-prima.

— Bobagem. Obra-prima é aquela morena ali.

Pouco depois desce a 21 de Abril, de braços dados com a morena obra-prima, na direção da Central do Brasil.

Mas o caminho é longo, e pode ser feito via praça Tiradentes. Curtos são os degraus da vida. Outros bares, novos amigos, tantas lembranças. Os trocados mastigados no bolso da calça, junto com o maço de cigarros, estão guardados para o ônibus que vai finalizar o trajeto até em casa, quando as pernas pedirem clemência.

É quase meio-dia e alguém sugere uma rabada com polenta e agrião, numa pensão da rua Barão de São Félix. Dessas que permitem violão e cantoria nas mesas. A obra-prima das madrugadas na rua Riachuelo carrega o instrumento, com a promessa de um amor vespertino no hotelzinho da rua do Livramento. Ela está sorridente. Ele continua hospedando a tristeza que parece não ter cura. Recorre aos versos do parceiro Guilherme, para casar com sua melodia cheia de flechas sorrateiras:

Tire o seu sorriso do caminho
Que eu quero passar com a minha dor
Hoje pra você eu sou espinho
Espinho não machuca a flor
Eu só errei quando juntei minha alma à sua..."

Amigo tem mania de pedir música, por mais que o artista esteja indisposto. Começa o falatório: "Canta aquela que diz vou abrir a porta para você só porque é dia das mães". "Não, não, aquela que fala fui bom pra ela, dei meu nome a ela sem saber que estava sendo traído." A obra-prima tem bom humor:

— Vocês só gostam de música de corno?

O índio velho tem a visão nublada e a memória bastante combalida. Mas no meio da noite ainda lembrava que o resto da tarde foi nos braços dela. Só não lembrava quando nem como chegou em casa, o que não tinha muita importância. A mulher de fé e paciência, companheira das horas difíceis, fez beicinho por conta do longo sumiço. Mas mesmo assim, ao sair para trabalhar, deixou café coado sobre o fogão e um prato de carne assada com batatas dentro do forno. Ao retornar, no fim do dia, encontrou-o ainda na cama, estirado, ao lado do violão. A flor atirada sobre travesseiro, também sem vida.

Botou no velho toca-discos um 78 rotações, meio arranhado, com um samba-canção dos mais antigos:

"Quando eu morrer, deixarei minha fama
Deixarei no mundo quem me ama
As lágrimas que rolam em meu rosto
Não sabem dizer qual é o meu desgosto..."

Que diabo de desgosto era esse? A companheira nunca soube. Pena que ele não estivesse mais ali, talvez pudesse contar para ela.

Dedicado à memória de Nelson Antônio da Silva, o Nelson Cavaquinho (1910-1986). As canções citadas são todas de sua autoria.

CORRENTES

A minha filha diz e eu acredito. É para o meu próprio bem que ela me mantém presa. Para proteger a mim mesma de minha própria loucura. Ela diz, eu acredito. Não teria por que mentir para mim, a minha menina.

Entra ano, sai ano. Sei que o tempo está passando porque da janela escuto as explosões de alegria do réveillon, as cuícas no carnaval, os fogos juninos no meio do ano e as doloridas canções do Natal. Entra ano, sai ano. Como uma corrente voltando sempre ao começo. Ao começo do ano, passando por todos os dias até chegar novamente o fim do ano. E eu aqui, nem lembro mais desde quando. Não sei dizer quando o primeiro elo da corrente se formou.

Uma corrente. Manhãs, tardes e noites. Depois sono. Tiro apenas um leve cochilo, de cócoras. O café da manhã na caneca de alumínio. As bolachas na lata de goiabada. O almoço na lata de biscoitos e a sopa da noite também. Minha vida já se parece com uma lata. Lata velha, voltando ao flandre e ao alumínio. Sempre ao começo, feito uma corrente.

Eu sei que vocês pensam que a menina é perversa, está escrito nesses olhinhos interrogadores de vocês. De jeito nenhum. É zelosa, quis me proteger das coisas do mundo, dos homens maus, das feras à solta, dos carros que passam em velocidade para lá e para cá, vão e voltam feito correntes intermináveis, atropelando tudo e todos. A menina é moça boa, é a minha menina que Deus deu e tirou do meu bucho. Ela cuida de mim, graças a Deus.

Um dia ela disse, mãe, você vai ficar aqui quietinha, pois estou indo para o trabalho e não tenho coragem de deixar você livre para sair por aí, andando por aí. Sua cabeça é fraca, infelizmente, mamãe. Vou colocar isso aqui em sua perna para você não sair. Sua cabecinha é muito fraca, sua alma é fraquinha. Fraca e triste, minha alma. Que nem meu corpo, que pela falta de exercícios está cada vez mais fraco. Também está cheio de feridas, porque ela quase não me lava. Coitada, não tem tempo. Trabalha muito, corre muito, sai cedo e chega tarde, e no dia seguinte bem cedo já está de saída de novo. A vida dela também parece uma corrente ou uma cobra mordendo o próprio rabo.

A vida é assim, formada por correntes. Como estas, pesadas, que minha menina trouxe para casa e com elas me manteve aqui, amarrada à perna desta mesa, talvez para o resto da vida, se vocês não tivessem aparecido para me libertar.

Mas por que me libertaram? Como me descobriram? Quem são vocês? Para onde estão me levando? Minha filha está sabendo disso?

PARECE QUE FOI ONTEM

Bailamos. Bailamos até não poder mais. Meus sapatos, de bico fino. Seus sapatos, de salto alto. Noite alta, céu risonho, o mundo ao som da Orquestra Tabajaras. O baile chamava-se Parece Que Foi Hontem, assim mesmo, com H.

Estávamos no Rio de Janeiro. Da janela do salão do clube se via a lagoa Rodrigo de Freitas, via-se um ponto de luz bem no meio da lagoa, trombones, pistons, saxes, eternos acordes que me deixavam tonto, tonto, e eu só pensava em matá-la.

No fim da noite ela pediu minha companhia até o ponto de táxi, pois a rua estava muito escura. Mal sabia ela que era tudo o que eu queria. Me deu a mão e fomos andando em volta da lagoa, meus sapatos de bico fino chutando latas de cerveja, seus sapatos de salto alto fazendo toc, toc no calçamento da rua.

Aí a pontinha do salto do sapato dela ficou presa no ralo da rua e eu disse "é agora". "Me ajude aqui", ela pediu. E eu disse "é pra já, querida", e o som da Tabajaras invadia todo o bairro, enquanto carros passavam buzinando e casais saíam do baile sorrindo.

Lembro como se fosse hoje, parece que foi ontem.

Ela não entendeu nada e agora é tarde, agora é que não vai mais poder entender mesmo. Aproveitei o solo do pistom e fiz o disparo seco e singelo, à queima-roupa, a ponta do cano coladinha no ouvido dela, como eu gosto.

Havia um ponto de luz bem no meio da lagoa.

AS CHUTEIRAS DO PAI

Do pai, só conheceu a fama. Sabia que tinha sido o maior apoiador que a cidade já vira jogar, envergando a camisa do Esporte Clube Simpatia e também a da seleção local, nos famosos campeonatos intermunicipais.

Partiu cedo, o pai, e quase nada pôde deixar. Ficaram algumas dívidas para a mãe saldar e um par de chuteiras para ele. O sonho era vestir a camisa do Simpatia e calçar as chuteiras do pai, tão logo o pé estivesse no ponto. Quando sentiu finalmente o couro ajustado ao meião, caprichou na graxa e na flanela pouco antes de entrar no campo do bairro. As chuteiras do pai brilhavam tanto quanto os olhos do rapaz, cumprimentando os torcedores que se acotovelavam à beira do campo, ouvindo os comentários:

— É filho do falecido. Estréia hoje no time, jogando na mesma posição e calçando as chuteiras que foram dele.

Só aos vinte minutos de jogo encontrou a bola, assim mesmo para dar um passe malfeito. Pouco depois a sobra na entrada da área, quando descia no apoio. A grande chance na falha do adversário, bola sobrando na área, oferecida, era só bater de jeito.

Pegou mal com a esquerda e ainda pisou em um buraco com a direita, saindo um chutezinho fraco, para fora. Caiu meio desengonçado e ouviu as gargalhadas dos torcedores.

Pediu substituição no intervalo e não voltou mais aos treinos. Tirou a poeira das chuteiras e mandou consertar uma trava amassada. Guardou no armário, onde o pai guardava e de onde jamais deveria ter saído.

Não daria para ele, era certo. Talvez para o filho dele, um dia, quem sabe.

DIA DAS MÃES

No ano retrasado ele veio, ano passado não. Este ano, só Deus sabe se vem. Pensam que fico esperando? Espero que nem aquela porta espera, aquela mesa espera, aquela planta ali. Não faz nenhuma diferença ele vir ou não vir, com as tolas recomendações de sempre, as mesmas e falsas preocupações.

Teve um ano que trouxe o filho. E o filho veio com a namorada. Dois jovens abobalhados, olhando para as paredes descascadas com curiosidade mórbida, me encarando com nojo e repulsa. Não aceitaram a água nem o guaraná que ofereci, com certeza por acharem que os copos não são lavados. Meu filho ainda aceitou a cerveja, talvez por saber que o álcool desinfeta tudo.

A mulher não vem nunca com ele. Nenhuma falta me faz. Fico dispensada dos salamaleques, de fingir naturalidade, falando de doenças ou de novelas. Tão bem criado, tão mal casado. A última vez que ela apareceu aqui, veio direto do salão de beleza. Manteve os dedos esticados, durante os minutos que durou a visita de médico, para não encostar a unha em nada. Meu filho mostrou o quarto onde vivia quando rapaz solteiro. Ela riu, cínica e sonsa. "Como é que alguém pôde viver num buraco desses?", devia estar pensando.

Barulho no portão, só pode ser ele. Lá vêm flores murchas, presente ordinário, casaco de lã ou meias de náilon, garrafa de vinho de padaria, adocicado e enjoativo, pacotinho de torradas que eu não comia nem no tempo em que tinha dentes. Vai se sentar no sofá que está forrado desde cedo e estirar as pernas no banquinho que só sai do quarto quando ele vem aqui. Claro que não vai demorar, pois tem compromisso com o filho ou com a mulher. Pouco se me dá que venha ou não venha, fique ou não fique.

Não era ele no portão. Apenas um vendedor de frutas. Pela hora, duvido que ainda apareça aqui. Melhor dobrar e guardar o lençol novo que coloquei no sofá, não quero que pegue poeira. Melhor devolver para o quarto o banquinho de estirar as pernas. Ano que vem pode precisar.

O ASSISTENTE

Eu carregava apenas o cartão do doutor Nelson Soares no bolso da camisa. No verso do cartão estava escrito o endereço e o nome da empresa, Companhia de Seguros Paz na Terra, e o nome do sujeito a quem eu deveria procurar: Fonseca.

A secretária disse que se chamava Clotilde, me pediu para esperar um pouco e em seguida abriu a porta da sala do figurão, me apresentando: "Doutor Fonseca, este é o Aureliano". O sujeito tinha um lápis na mão e uma folha de papel em branco em cima da mesa. Fumava nervosamente e batucava na madeira. Foi curto e grosso:

— Aureliano de quê?

— Aureliano Silva da Cunha.

O figurão encheu as bochechas de fumaça e soltou com vontade. A boca do homem parecia uma chaminé, com aquela fumaça toda saindo aos tufos e se espalhando pela sala. Dona Clotilde tossiu. Eu agüentei firme.

— Idade?

— Vinte e cinco incompletos — respondi na bucha.

— Muito novo.

Eu estava afiado:

— Para umas coisas, sim. Para outras, nem tanto.

Doutor Fonseca arranhou a garganta, apagou o cigarro, chamou dona Clotilde e pediu água e café para dois. Aceitei a água e recusei o café. A pergunta estava estampada em seus olhos, "quem foi que mandou você aqui?", mas não permiti que fosse feita. Me antecipei e entreguei o cartão de visitas, onde estava escrito bem grande, no meio do cartão: doutor Nelson Soares. Ficamos alguns minutos em silêncio, tempo suficiente para ele beber a água e o café, acender outro cigarro e perguntar em meio à baforada:

— O que você faz na vida, meu filho?

— Depende.

— Depende, como?

— Faço de tudo um pouco.

— Compreendo.

— Ah, o senhor também faz de tudo um pouco?

— Claro que não. Sou especializado.

Nem dei ouvidos à fanfarronice. Cruzei as pernas e tentei acompanhá-lo no ar superior:

— Tocou, eu danço. Já fui padeiro, porteiro e balconista.

Caprichou na ironia, o filho-da-puta:

— Meu Deus! É o homem que eu estava precisando.

Segurou firme o cartão de visitas que deixei sobre a mesa, apertou com os dedos e disse, visivelmente constrangido:

— Está contratado. Vai ser meu assistente.

Olhou o relógio, apressado, e disse que eu poderia sair para almoçar. "Isso é que é emprego", pensei. Perguntei a que horas deveria estar de volta e a resposta atravessada do doutor Fonseca me fez entender melhor a situação:

— Às duas, às três, sei lá.

— Vou procurar um prato feito em um botequim desses por aí — eu disse, enquanto me preparava para sair. A cara de desânimo e tristeza do figurão era patética. E falava sozinho, pois garanto que o ouvi murmurar, quase aos prantos:

— Mais uma que o Nelson me apronta.

DEPOIMENTO

Presente a esta Delegacia de Polícia, por livre e espontânea vontade, o sapateiro José Antônio de Souza declarou que estuprou e matou e cortou em pedaços sua companheira Elizete de Souza. Que colocou os pedaços da vítima em uma peça de couro usada para fazer sapatos e enterrou no fundo do quintal de sua casa. Que a companheira Elizete não era esposa juramentada no civil nem no religioso e que ela usava o sobrenome de Souza emprestado por ele, em consideração.

Que o crime se deu em justa e inabalável (o depoente não disse inabalável, mas palavra ininteligível que assim a traduzi) defesa da honra, haja vista que a vira passeando no domingo à tarde, nas imediações do chafariz da praça da Matriz, de mãos dadas com um tal de Mateus de Tal, de quem ele conhecia muito bem a fama de gavião de mulher alheia. Que Elizete usava, na hora em que o sangue ferveu, a vista turvou e o crime foi perpetrado, um par de sandálias de couro, preta, fabricada pelo próprio depoente, para ser usado no nosso (deles, claro) aniversário de casamento.

Mais não disse nem lhe foi perguntado, pois o delegado, visivelmente emocionado, não teve condições de fazer mais qualquer pergunta àquele pobre homem. Lavro e dou fé e registro aqui o meu comentário por ninguém solicitado: que merda, Elizete, por que diabos foi levar o pobre José a fazer tamanha besteira?

O VELHO E A MOÇA

O velho mora em Copacabana, mas se encontra com a moça na saída do Metrô do Estácio. Puxa a moça para debaixo do guarda-chuva, proteção contra os chuviscos, e oferece uma balinha embrulhada no papel de propaganda de uma churrascaria. O sorriso sonso das outras vezes, a mão no cabelo cheio de creme, atravessa a rua em direção ao hotel costumeiro, pertinho da praça Onze.

A recepcionista dá boa-tarde e estende a chave do quarto, "o de sempre". Antes de qualquer coisa, a moça quer saber se o velho trouxe o dinheiro que prometeu para comprar o remédio da filha dela. O velho pede paciência e diz que quando chegar lá em cima, no quarto, conversa sobre este assunto.

— Lá em cima uma pinóia! Vamos resolver logo essa história aqui embaixo mesmo, senão não subo nem um degrau dessa escada — berra a moça, forçando para baixo a barra da minissaia.

O velho diz que ela é muito geniosa, briguenta, encrenqueira e interesseira. Diz mais um monte de bobagens, mas entrega o dinheiro do remédio da menina. "Isso é o que importa", pensa a moça, tascando um beijinho burocrático no rosto enrugado do velho. Em seguida sobe as escadas na frente dele, remexendo as cadeiras. O velho acompanha a moça, feliz da vida, assoprando e tossindo a cada degrau escalado.

"Como é que essa peste ainda se mete a procurar mulher?", pensa a moça.

No quarto, o cheiro de mofo é inconfundível. A moça abre a única janela, por onde consegue avistar o relógio da Central do Brasil, e sacode a roupa de cama. O velho senta-se na cadeirinha ao lado da janela e começa a assoprar a bombinha de asmático, antes de qualquer coisa. A moça espera pacientemente a crise passar. Afinal de contas, a essa hora não tem movimento mesmo, lá fora está chuviscando e o dinheirinho do remédio da filha já está garantido.

O CONTROLADOR

"Tem vaga", diz a placa, e me apresento ao encarregado. Mostro a Carteira de Identidade e a Profissional. Ele folheia, confere as anotações, depois pergunta se tenho boa saúde. Digo que sim. Se tenho ou já tive doença venérea. Digo que tive gonorréia, na juventude. "Bobagem. Gonorréia todo mundo já teve", ele diz. Pergunta se tenho todos os dentes. Digo que não, mas que os que ainda possuo dão conta de devorar a marmita.

Indago sobre qual o serviço que me espera. "Controlador", ele diz. "Você vai controlar a entrada e saída dos operários da obra, ver se estão marcando corretamente o cartão, se não estão usando nenhum truque para driblar o relógio de ponto, se conversam durante o expediente, se ficam mais de quinze minutos no lanche, essas coisas. Você vai receber uma prancheta com uma caneta Bic e papel almaço. Deverá me mostrar suas anotações diariamente."

"Sei. Alcagüete", eu digo.

"Não. Controlador", insiste ele.

Dia seguinte já estou em ação, com a pranchetinha debaixo do braço, acompanhando os passos dos peões na obra. Eles me olham com cara de poucos amigos. Compreendo. Sei que faz parte do jogo. O meu papel é de inimigo mesmo, mas trabalho é trabalho.

No fim do dia faço o relatório para o encarregado. Quem faltou, quem enrolou no serviço, quem chegou fora de hora, quem demorou no banheiro, no lanche, quem fumou onde não devia. Recebo parabéns e retomo no outro dia e nos outros. Até o dia em que me cercam na saída da fábrica. Uns seis ou oito, acho que mais de dez. Até reconheço alguns, apesar do olho inchado.

Nunca apanhei tanto em minha vida. Depois de me arrastar até o quarto onde moro, sou empurrado para o hospital e só consigo andar até a fábrica cinco dias depois. O encarregado, gentil, paga direitinho todos os meus dias de trabalho. Põe a mão no meu ombro, paternal e compreensivo:

"Desconfiei que você não daria para o troço. É meio pesado. Mas nós tentamos."

É verdade. Nós tentamos.

NO CRUZAMENTO

O vendedor de bugigangas atravessou a avenida Nossa Senhora de Copacabana, fora do sinal, e quase foi atropelado pelo ônibus 583, Cosme Velho-Leblon. Tinha uma bolota vermelha presa no nariz, um gorro de listras amarrado à cabeça e pendurado nas costas, usava calça bem folgada e botas amarelas.

O vendedor de bugigangas vestido de palhaço gritava "chega-chega, freguesia, que só eu tenho produtos bons e baratos". E mostrava a mercadoria que oferecia. Pendurados nos braços estavam meias de lã, lenços, cuecas, batons, espelhinhos, pentes de osso, linhas, botões, giletes, o diabo.

O motorista do 583, que se chamava Antônio e estava puto da vida, pois andava sempre puto da vida, meteu o pé no freio com violência, estancando o ônibus a poucos metros do vendedor de bugigangas. Meteu a cara para fora da janela e perguntou:

— Quer morrer, palhaço? Quer morrer, maluco filho-da-puta?

Já na calçada do outro lado, na esquina da rua Figueiredo Magalhães, sacudindo a bunda murcha dentro da calça bem folgada, o vendedor de bugigangas vestido de palhaço ficou olhando para o motorista do ônibus e fazendo caretas.

O motorista do ônibus, mais puto ainda, apontou o indicador, gritando "aqui pra você, seu filho de uma égua", e mal o sinal abriu ele arrancou com tudo, puto, puto e muito puto, ainda olhando para o vendedor de bugigangas e xingando o infeliz. Nem viu que a velhinha retardatária ainda cruzava a rua, apressadinha, mas atrasada.

Tentou evitar ou nem tentou, nem sabe se tentou, tão puto estava. Na delegacia só sabia repetir "não era a velha que eu queria, não era a velha".

OITO DIAS

Dia 1

Saí do hospício ainda há pouco. Quem me olhar vai reconhecer o brilho translúcido e confuso nos meus olhos. Quem me cheirar sentirá todos dos cheiros azedos que trago lá de dentro. Entrei na primeira papelaria que encontrei no caminho, comprei este caderno e comecei imediatamente a escrever este diário.

Não saí fugido. Deram-me alta. Não me disseram o motivo repentino da alta, como também não me disseram, em momento algum, por que me internaram. Também não sei quanto tempo passei lá dentro, mas sei exatamente há quanto tempo estou aqui fora: o tempo exato de escrever estas seis ou sete linhas.

Minha casa está do mesmo jeito que deixei. Só um pouquinho mais empoeirada. Acho estranho encontrar esse prato sujo sobre a pia, mas não me incomodo. Talvez tenham me levado para o hospício no momento exato em que eu fazia uma refeição. Talvez eu tenha me apresentado espontaneamente. Por enquanto, não lembro de nada. Mas tenho certeza de que lembrarei enquanto estiver fazendo este diário. Palavra puxa palavra, que puxa lembrança, que pode ser boa ou ruim.

Querido diário. Seja minha luz. Ou meu calvário.

Dia 2

Começo por tirar a poeira dos móveis. Em seguida, dou uma geral em meus discos e livros. Concluo que está tudo no lugar. Um disco no aparelho de som, com a capa jogada em cima da mesa. Um livro com a página marcada sobre o sofá da sala. Talvez eu estivesse lendo ou ouvindo música ou as duas coisas, quando me seqüestraram. Talvez eu tenha sido seqüestrado. Ou não.

Na caixa de Correio tem contas para pagar, folhetos de propaganda de lojas e restaurantes e uma carta de minha irmã. Não lerei já. Pretendo esperar melhor momento.

Preciso ir até a mercearia, ou à padaria, ou ao supermercado. Mas não tenho forças. Prefiro me jogar na cama, assim mesmo, suado e de estômago vazio.

Amanhã acordarei cedo, tomarei café reforçado e banho morno, se o gás ainda não tiver sido cortado. Não sei quanto tempo eles demoram a interromper o fornecimento de gás. Também não sei quanto tempo fiquei ausente e deixei de pagar as contas. Depois do banho ponho roupas limpas, devo ter ainda alguma, e vou procurar emprego. Mas antes faço a barba e esfrego na cara escanhoada a loção de alfazema, com cheio de infância, que eu gosto tanto.

Dia 3

Três horas na fila, com a documentação dentro do envelope pardo. Cópia em xerox da Identidade, do CPF, Título de Eleitor, Carteira Profissional, Atestado de Residência, PIS, Pasep, o cu da mãe, tipo de sangue, suor e lágrimas. E só durante a entrevista fico sabendo que deverei ganhar, se conseguir passar a perna nos milhares de infelizes concorrentes, uma merreca que mal dará para o aluguel.

Respiro fundo e respondo a todas as perguntas que me são feitas, uma por uma, sem perder a paz nem a calma. Dou respostas elegantes e corretas até quando o filho-da-puta me pergunta se tenho Aids e se tenho parceiras e ou parceiros regulares.

Sim, não, claro, é assim, é assado, e quarenta minutos depois tomo o ônibus de volta para casa. Atiro-me na cama, sem sequer afrouxar o cadarço do sapato, e ouço a voz de minha mãe dizendo: "Reza, meu filho, para Deus te ajudar. Reza, mesmo deitado".

Só Deus. Só mesmo Deus.

Dia 4

Tomo o café na padaria da esquina, folheando o jornal de crimes. É o mais barato que se encontra na banca de jornais e revistas. Marido traído enfiou duas balas nos cornos do Ricardão e um cabo de vassoura no rabo da infiel. Pastor comia meninas menores de idade e foi em cana acusado de pedofilia. Aposentado encontra bala perdida durante assalto a uma farmácia. Tiroteio entre polícia e bandido ou entre bandido e polícia pára o trânsito por algumas horas na principal avenida da cidade.

Ligo do orelhão da esquina e fico sabendo que fui aprovado no trabalho. Posso me apresentar amanhã, com todos os documentos, que a merreca mensal estará garantida. Faço as contas: dá para ônibus, o café, o cigarro e a compra de supermercado para encher a marmita. Só que terei que arrumar tempo para cozinhar o que botar na marmita.

Deus me perdoe, mas no hospício eu tinha menos trabalho.

Dia 5

— Aqui não tem mesa de canto — diz o chefete.

E todas as mesas ficam no centro da sala, todo mundo de frente para ele e de lado para todo mundo. Recebo a primeira tarefa: revisar um texto escrito pelo chefete do chefete, que recebe ordens diretas do chefe e este do chefão. É um memorando informando a não sei quais prezados senhores que não sei que comunicação deve ser feita sempre antes de não sei que horas, para evitar atropelos. Tudo isto, em um texto atropelado e confuso.

Pego um lápis e começo a corrigir os absurdos. O chefete se aproxima e pergunta o que estou fazendo. Digo que estou tentando melhorar a redação, para que a comunicação se dê de maneira mais direta.

— No computador — diz.

Pergunto como assim e ele esclarece que as correções devem ser feitas no computador, "pois aqui", naquela porra, "neste escritório", naquela merda, "nada é feito à mão". Percebe o meu embaraço e me dá 24 horas para aprender a trabalhar no computador, "se não quiser ceder a vaga para o segundo colocado".

Agradeço comovido. Bom homem, o chefete.

Dia 6

Como não tem mistério, aprendo em poucas horas a mexer com o computador. Qualquer macaco com um parafuso a menos na cabeça mexe com essa porcaria que os especialistas acham a coisa mais complicada do mundo. Corrijo o texto, emendo, remendo, reviso, salvo, imprimo e entrego para o chefete com cara de bunda, que encaminha para o chefe com cara de merda e que deverá fazer chegar urgentemente ao colo do chefão, que deverá ter cara de cagão.

Passo o dia inteiro sentado, escrevendo e corrigindo besteiras, e no final da tarde pego o ônibus para casa. Ônibus cheio de doer. Nunca vi tanta gente fedorenta neste mundo. Nem no hospício.

O sujeito suarento em minha frente tem uma mancha enorme de sujeira no meio das costas e um mau cheiro insuportável no corpo, que se espalha pelo interior do ônibus toda vez que ele levanta o braço.

Chego em casa muito cansado, mas sinto vontade de escrever um poema, que começo assim: "Estou cansado, cagado e infeliz".

Amanhã continuo ou não.

Dia 7

Os sonhos são tenebrosos. No primeiro, estou dentro de um enorme buraco escuro, não sei como fui parar ali. Ouço gritos lá fora, sirenes ligadas, latidos de cães danados, vozes de caçadores autoritários. Procuram-me, perseguem-me e já descobriram que estou escondido no buraco escuro.

Um diz "joga uma bomba que ele sai correndo". Outro ordena que espere, porque "mais cedo ou mais tarde o filho-da-puta vai sentir fome e botar a cara para fora". Uma terceira voz berra "mata logo esse bosta e vamos embora daqui". Sinto uma vontade louca de urinar. Saio às pressas do sonho e quando me dou conta já estou no banheiro, me aliviando, graças a Deus acordado.

O segundo sonho é com minha mãe, dizendo "reza, meu filho, reza, mesmo dentro do buraco, reza pra Deus te ajudar. Procura sempre estar no lugar onde te sentes feliz". Ouço a voz de Deus, a rouca e pesada voz de Deus, dizendo "este aí nem reza salva". Acordo com dor no estômago e lembro que fui dormir com fome.

Não quero voltar a dormir. Deus me livre.

Dia 8

Lembro das palavras de minha mãe, em meu sonho, dizendo que devo procurar sempre estar no lugar onde me sinta feliz. E com este pensamento e as palavras de minha mãe em meus ouvidos eu faço café, esquento pão e tomo café, depois lavo a xícara e tranco a porta de casa. Coloco as chaves de casa no bolso da bunda e atravesso a rua de cabeça erguida, entro no ônibus de cabeça erguida, desço de cabeça erguida no ponto mais perto do escritório e de cabeça erguida vou até a mesa do chefete. Paro diante dele e digo "bom-dia".

— Bom-dia — ele responde, sem sequer olhar para mim.

— Acho que você é um grandíssimo filho de uma vaca arrombada — eu digo, serenamente.

O chefete me olha com os olhos esbugalhados, está amarelo de dar pena. Ameaça gaguejar alguma coisa, mas não diz nada.

Saio do escritório pensando nas palavras de minha mãe em meu sonho, cada vez mais convencido de que o homem deve procurar sempre o lugar onde se sinta feliz, e entro em outro ônibus. Pouco depois já estou na porta do hospício, de onde saí faz só uma semana e parece que já tem tanto tempo.

O homem da guarita abre a porta de aço e pergunta se está tudo bem comigo. Digo que está tudo bem comigo, pergunto se está tudo bem com ele e estiro os braços para os dois enfermeiros que se aproximam. Eles enfiam em mim a camisa-de-força, e um terceiro vem chegando, com a seringa na mão. Olham-me com profissional desinteresse, mas percebo o pequenino sorriso de vingança. Ofereço o corpo e a veia, não crio qualquer dificuldade. Aprendi a conviver com essa gente.

GARRINCHA

Quando o juiz apitou, encerrando a partida no campinho de subúrbio, aconteceu o grande espetáculo.

Um pequeno passarinho muito conhecido naquele lugar, chamado garrincha, pousou sobre a bola de couro esquecida no campo de batalha. Meio pardo e de asas e cauda listradas de preto, também conhecido como garriça ou cambaxirra, o pássaro que tem nome de craque deu alguns pulinhos desajeitados sobre a pelota e bateu asas.

Nesse instante, como se tivesse sido chutada violentamente por um jogador invisível, a bola também bateu asas e subiu. Um lançamento perfeito na direção do céu. Os vinte e dois jogadores titulares, mais os reservas, técnicos, dirigentes e todos os torcedores ficaram parados no estádio. Os olhos voltados para o vôo maluco da bola, que voou até sumir.

E como o dia já estava mesmo começando a virar noitinha, a lua apareceu de repente e engoliu a redonda — como a chamam os locutores esportivos. A bola virou lua, lua cheia, bem cheia e muito brilhante. O campo ficou tão iluminado que os atletas sentiram vontade de começar outro jogo, e só não o fizeram porque o cansaço da peleja disputadíssima não permitiu.

A bola não foi nem será recuperada. Está bem lá em cima, limpa, linda e cheia. Iluminando os grandes estádios, nas grandes cidades, ou os campinhos mais escondidos nos fins de mundo.

Puta conto, Amada América, Eu ou ele, Correntes, Parece que foi ontem, O tratamento, As chuteiras do pai, Um dia de paz lá em casa, Grande homem mais ou menos, O assistente, O velho e a moça, O controlador e *Garrincha* compõem o volume premiado pela Fundação Catarinense de Cultura (2002) — **Prêmio Nacional de Literatura Cruz e Sousa**, 2° lugar. Comissão Julgadora:

Carlos Heitor Cony, Flora Sussekind, Ítalo Moriconi, Luiz Vilela e Moacyr Scliar.

Os demais contos ajudam a "engordar" esta coletânea.

A viagem conquistou, em 2004, o 1° lugar no Concurso Nacional de Contos Luiz Vilela.

No dia em que vim me embora foi premiado pela Rádio France Internacional, em 2004.

Quem matou o cachorrinho? conquistou o Prêmio Cataratas 2005, da Fundação Cultural de Foz do Iguaçu.

Impresso no Brasil pelo
Sistema Cameron da Divisão Gráfica da
DISTRIBUIDORA RECORD DE SERVIÇOS DE IMPRENSA S.A.
Rua Argentina 171 – Rio de Janeiro, RJ – 20921-380 – Tel.: 2585-2000